Helmar Neubacher

Gott
ist ein
Computer

— doch wo warten auf uns
Himmel und Hölle?

Ein Stück Fantasie

Helmar Neubacher

Gott
ist ein
Computer

− doch wo warten auf uns
Himmel und Hölle?

Ein Stück Fantasie

Umschlag:
Entwurf und Gestaltung: www.schaduf-book.de
Bild der Lotusblume

Bibliografische Information der Deutschen
Nationalbibliothek

Die Deutsche Nationalbibliothek verzeichnet diese
Publikation in der Deutschen Nationalbibliografie,
detaillierte bibliografische Daten sind im Internet
über http://dnb.dnb.de abrufbar.

© Copyright 2024 Helmar Neubacher

Herstellung und Verlag: BoD – Books on Demand,
Norderstedt

ISBN: 9783757854607

Inhalt

Vorbemerkung

Schreibe ich ein weiteres Buch oder ist es genug? Habe ich noch etwas zu sagen – immerhin befinde ich mich bereits in der letzten Phase meines irdischen Daseins. Allen meinen Büchern war während meines Lebens kein übergroßer Verkaufserfolg beschieden, was sich nach meinem Tode durchaus ändern könnte. Sogar das Finanzamt wollte mich deshalb verdonnern. „Liebhaberei", vergleichbar einem Taubenzüchter wurden einige meiner elf fertiggestellten Bücher beurteilt. Übersehen hatte man allerdings, dass ich allein für meine drei Bücher zum ägyptischen Pyramidenbau etwa 75.000 Euro aus meinen Sparrücklagen ausgegeben hatte – sogar die Lebensversicherung war weg. Macht das ein Taubenzüchter?

Drei Reisen nach Ägypten mit Antiken-Führer, Mietauto inklusive Fahrer sowie aufwändiger jahrelanger Modellbau während meiner Halbjahresaufenthalte in Thailand verschlangen meine letzte Habe. Hinzu kamen die Selbsterstellung der Bücher bei BOD/Norderstedt und umfangreiche Webseiten.

»In den 7 Bootsgruben des Cheops, gelegen auf der Ostseite und Südseite der Pyramide, befanden sich Schiffe«, so alle bekannten Ägyptologen.

Also ließ Neubacher in den Gruben passende stabile Schiffe schwimmen, wie die 1954 ausgegrabene ›Königsbarke des Cheops‹, gefunden in Grube Nr. 4. Starke Zedernbalken aus dem Libanon, ganzjährig Wasser des Nil im Überfluss für den Transport der Bausteine, geeignetes

Baumaterial (Kalkstein, Granit, Weichholz, dicke Hanfseile) und 100.000 Mann – Fachleute und einfache Arbeiter – waren die Voraussetzung. Zu interpretieren war nur noch der griechische Historiker Herodot, der etwa vor 2.500 Jahren das Land Ägypten bereiste. Herodot war auch an den Pyramiden in Giza (arabisch für das Plateau außerhalb Kairos) und berichtet von deren Bau mit Riesensteinen.

Auch bei der Erstellung des vorliegenden Buches lag ein steiniger Weg vor mir. Natürlich freue ich mich, falls viele Leser mein Buch interessant finden und es kaufen. Doch entscheidend ist für mich nicht der erhoffte Erlös in Dollar, Euro oder Baht. Entscheidend ist für mich die Bearbeitung eines gestellten Themas – **der Weg von der Idee bis zur Lösung.**

Genauso verhielt es sich auch hier. So vermeide ich es möglichst, vorher Bücher zu lesen, die beispielsweise ähnliche Teilbereiche bearbeitet haben. Manchmal sind dort Passagen derart gut, dass man sie übernehmen möchte – d. h., im Grunde wird man aus dem eigenen Konzept herausgerissen – ganz einfach gesagt: abgelenkt.

Und trotzdem ließ ich mich hinreißen: „3162 Leserbewertungen" – da konnte auch ich nicht dran vorbei! >Die Hütte: Ein Wochenende mit Gott< – vom Autor William Paul Young. Schön geschriebene Geschichte. Gott sei Dank, aber für mich keine Hilfe.

Zu gerne würde ich aber die Meinungen und Ansichten anderer hören – insbesondere, wenn ich wieder mal festsitze oder unsicher bin. Ich denke dabei an eine fiktive Gruppe von Einzelpersonen:

Geistlicher, Bundespolitiker (gerne Oscar Lafontaine), Deutschlehrer, Geschichtslehrer, Mathematiker, Physiker, Chemiker, Biologe, Ingenieur, Polizist, Buchautor, Jugendlicher (gerne Greta Thunberg), Schüler (schlechter Sonderschüler) – alle weiblich oder männlich.

Da dieser Wunsch nach fachspezifischer Diskussion eine Fiktion ist, bleibe ich auch bei meinem neuen Buch gezwungenermaßen wieder alleine.

1 Kurze Betrachtung vom Dahinscheiden des Menschen

»Der Tod geht uns nichts an, denn solange wir sind, ist der Tod nicht, und wenn der Tod ist, sind wir nicht mehr!«,

sagt der griechische Philosoph Epikur (341 – 276 v. Chr.).

So einfach wie Epikur kann ich es mir nicht machen. Bin gerade 83 Jahre alt geworden. Täglich kommen Gedanken zum Tod. Wie geht es weiter? Wird es überhaupt weitergehen? Schleiche schon während meines Urlaubs an den Tempeln in Thailand vorbei. Beobachte die hoch aufragenden Schornsteine der Verbrennungsanlagen. So endet also alles. Verbrannte Haut und Knochen. Und dann verstreut im Meer. **Das war's dann!** Oder doch nicht? Beiträge von Philosophen, der Bibel, evangelischer Kirche, katholischer Kirche, Buddha – alle sprechen von „Ewigem Leben" oder Wiedergeburt. Doch mein kleiner Menschengeist vermag das alles nicht zu fassen. Als Ingenieur fehlen mir nachvollziehbare Erklärungen. Die gibt es aber nicht.

So gibt es leider auch niemanden, der Jesus kannte und dann über sein Wirken berichtete. Die uns bekannten Passagen in der Bibel zu Christus sind viel später entstanden – und auch nicht von seinen Jüngern Matthäus, Marcus, Lukas und Johannes (Evangelien) persönlich überliefert. Schade, denn seine Jünger waren ja mitbetroffene Zeitzeugen.

So komme ich nicht zu neuen Erkenntnissen und Überzeugungen. Alles beruht auf dem Glauben und dessen Interpretation.

Besser dran ist ein kleinwüchsiges, schwarzes Volk im Süden Afrikas – trinken ein vergorenes Getränk und sprechen dann mit ihren Vorfahren – unterhalten sich mit Vater und Mutter – Auge in Auge. Für mich eine erstaunliche Begegnung mit dem Leben im Jenseits.

Ich dagegen bin völlig hilflos, denn ich habe das so wirkungsvolle Getränk nicht. Oder sollte ich mal kurz das kleinwüchsige Volk in der Nähe von Namibia besuchen?

Bei mir läuft eigentlich alles in einem Punkt zusammen:

In meinem kleinen Gehirn haben sich die Lügen meines Lebens eingegraben. Von klein auf indoktriniert mit Gott und Jesus als unangreifbare, oft auch bedrohlich wirkende, angsteinflößende nicht immer mitfühlende übermächtige Götterbilder. Kindergottesdienste, Konfirmations-unterricht, Begräbnisse und Hochzeit.

Was soll ich beispielsweise mit einer Kirche, in der immer wieder geweihte Priester kleine Jungen und Mädchen sexuell missbrauchen?

Was soll ich mit einer Kirche, die in Europa 60.000 Mädchen, Frauen und Männer auf dem Scheiterhaufen bei lebendigem Leibe als Hexen verbrannte und vorher bestialisch folterte, nur weil sie rote Haare hatten oder die Nachbarin sie um Mitternacht auf einem Besenstiel reitend durch die Lüfte hat fliegen sehen?

Selbst König Wilhelm III (1797 bis 1840 König von Preußen) beteiligte sich an diesem bestialisch mörderischen Tuen, als er die letzte, zum Tode auf dem Scheiterhaufen verurteilte Hexe in Deutschland nicht begnadigte. Damit war das Schicksal von Barbara Zdunk besiegelt – sie wurde am 21. August 1811 nach Ablehnung des Gnadengesuches durch die höchste Instanz bei lebendigem Leibe verbrannt.

Und bis heute hat das Oberhaupt dieser Kirche, der Papst, kein Wort der Entschuldigung und des Bedauerns für diese furchtbaren Entgleisungen seiner ihm verpflichteten Schlächter von sich gegeben.

Geweihte und selbsternannte Vertreter Gottes haben für alles eine Deutung:

- beim kleinen Mädchen, dass von seinem Mörder bestialisch gequält wurde
- beim Heiratsversprechen: Treue, bis dass der Tod euch scheidet
- beim Hilferuf des Militärpastors für seine Soldatenkameraden zur Vernichtung ihrer Gegner
- beim Quieken des Wasserschweines am Amazonas, dessen Knochen im Würgegriff der Anakonda mit lautem Knacken zerbersten.

Weshalb lässt der Allmächtige das kleine Mädchen sterben?

Weshalb schützt der Allmächtige nicht die Eheleute vor ihrer eigenen sexuellen Gier beim Erblicken der schönen Nachbarin und dem attraktiven Arbeitskollegen?

Weshalb lässt der Allmächtige es zu, dass ein Militärpfarrer zum Töten, Morden und Massakrieren anderer Menschen – Männer, Frauen, Kinder – Gott um dessen Unterstützung im Krieg bittet? Weshalb lässt der Allmächtige überhaupt Kriege zu? (2. Weltkrieg etwa 65.000.000 Tote!)?

Weshalb lässt der Allmächtige es zu, dass die riesengroße Anakonda am Amazonas das hilflose Wasserschwein regelrecht zerdrückt, nur weil die Schlange Hunger hat – und weshalb müssen auch die sechs Schweinekinder sterben – hilflos im feindlichen Dschungel zurückgelassen?

Sind die 65 Millionen Toten des 2. Weltkrieges nun beim Herrgott im Himmel? Zumindest müssten es ja etwa 20 bis 25 Millionen (gottgläubige) Seelen der dahingemetzelten zerstückelten Leichname von Männern, Frauen und Kindern sein. Immerhin hat Jesus gesagt:

»So ihr an mich glaubt, werdet ihr neben mir beim Vater (Gott) im Himmel sitzen.«

Zu den übrigen 40 Millionen hat Jesus nichts gesagt.

Also müssen wir im Leben, wie immer wieder gesagt, auf Gott vertrauen oder an Jesus glauben – das gilt wohl für unsere Seele.

Denn der Körper vergeht: »Erde zu Erde – Asche zu Asche«, wie die Pastoren regelmäßig predigen.

Es hat aber noch niemand eine Seele gesehen. So kann ich mir auch gar nicht vorstellen, wie mich meine Seele bei meinem Tode verlässt und wie und in welcher Form sie weiterexistiert – wie gesagt, falls wir überhaupt eine Seele haben.

»Ja, der Mensch hat eine Seele!«, sagt ein kluger Doktor und hat dafür sogar den Beweis erbracht. Er hat einen Menschen unmittelbar vor seinem Tode gewogen.

»Donnerwetter!«, hatte der kluge Doktor festgestellt,

»Sekunden nach dem Tod wiegt die soeben verstorbene Person weniger als vor dem Tod. Das ist der Beweis:

Die Seele hat den Körper verlassen … und die gemessene Grammzahl ist ihr Gewicht! «

Damit kann ich als Ingenieur etwas anfangen. Aber wohin geht die Seele? Wird meine Seele die Seelen aller zuvor Verstorbenen treffen können? Oder werden wir wiedergeboren – wie Buddha es uns bereits vor 2.500 Jahren sagte? Es wäre ja sehr tröstlich, falls ich die Möglichkeit hätte, mit Helmut Schmidt, Herbert Wehner, Diana, Christopher Columbus, Herodot und Imhothep (Baumeister des ägyptischen Pharao Djoser) zu sprechen.

Ich komme nun zum vorläufigen Schluss meiner kurzen einführenden gedanklichen Zusammenfassung.

Das Ergebnis:
Mein kleines Hirn vermag das alles nicht zu fassen.

Leben, Tod, Seele und „Das Danach".

Reiner Glaube ist für mich zu undifferenziert – unerklärlich – und für mich deshalb insgesamt unbegreiflich, weil unfassbar.

Auf der anderen Seite verehre ich Jesus und Buddha, weil sie auf Grund ihres eigenen Lebens nicht nur Tröster, sondern auch große Vorbilder für die übrigen Menschen sind. So hat Jesus niemals etwas für sich gefordert. Nicht einmal an das Kreuz genagelt, bat er weder die römischen Soldaten um Wasser, noch bat er Gott, den Vater, um Hilfe oder darum, ihn von seinen Leiden zu befreien.

Und Buddha ist derart großmütig, dass er alle Menschen einlädt (auffordert) zu ihm zu kommen – **alle** – nicht nur die, die an ihn glauben.

Wenn ich als kleiner unbedeutender Mensch zu Jesus und Buddha bete, trotz des zuvor Gesagten, so muss ich auch nicht daran glauben, dass Jesus Lepra-Kranke geheilt, Tote zum Leben erweckt und für die Menschen sichtbar zum Himmel aufgefahren ist. Auch die Entfernung des Riesenfelsens vor seiner Todes-Grotte durch den Engel muss ich nicht glauben. Wenn Menschen vorher dazu fähig waren, die Ruhestätte Jesu durch einen großen Felsen zu sichern, so war es auch wiederum Menschenkraft möglich, jenen Stein drei Tage später beiseite zu schieben. Auch, dass Jesus auferstanden und auf Erden wieder „wandelte", muss man nicht glauben. Es darf ja nicht vergessen werden, dass Jesus nicht nur Messias, sondern auch ein Revolutionär war, und dass seine vielen Freunde (jüdische Umstürzler gegen Rom) den Leichnam umgebettet haben könnten.

Jesus ist nicht nur MESSIAS – eine Art König im Judentum – ein übermächtiger Mensch, der mit Gottes Hilfe die Welt verändert und die Juden von ihren Feinden befreit.

Jesus ist auch ein HEILSBRINGER, eine gottähnliche Person, die den Gläubigen ihrer Religion das ihnen versprochene Heil bringt.

Jesus ist aber auch ein REVOLUTIONÄR, der die bereits zu seinen Zeiten politisch aktive Gruppe der Zeloten (Eiferer) unterstützt und damit die Besatzungsmacht >Rom< herausgefordert haben kann.

Auch ich, ein so wenig wissender kleiner Mensch bin natürlich unsicher – Licht und Schatten –

Wissen und Glauben – liegen einfach zu eng beieinander! Nachvollziehbares Wissen und von Menschen stilirisierter Heiligenschein mögen deshalb von jedem Menschen anders gesehen und beurteilt werden – häufig so, wie **jeder einzelne sich sein eigenes Haus baut!**

Am Ende ist aber doch alles nur eine unbewiesene Theorie? Alles Leben, was es auf unserer Erde gegeben hat, ist vergangen. Und alles, was auf unserer Erde lebt, wird vergehen. Weshalb sollten wir Menschen da eine Ausnahme machen? Oder nehmen wir eine Sonderstellung ein – vom ersten Homo sapiens vor nur etwa 300.000 Jahren bis zum heutigen Tage? Das ist nur eine sehr kleine Zeitspanne, gemessen an den vielen Milliarden Jahren, in denen es bereits Leben auf der Erde gibt. Auch das Leben von Jesus, Buddha, dem deutschen Kaiser Karl und Alexander dem Großen ist mit ihrem Tode vergangen. Oder verhält es sich mit Jesus und Buddha anders, obwohl die Umstände von deren Tod bis in alle Einzelheiten bekannt sind?

Schon ergreift mich erneut der Widerstreit zwischen dem Unerklärlichen und dem alles übertünchenden Glauben.

Zusammengefasst:

Alles Leben auf der Erde vergeht – das gilt für die Vergangenheit, Gegenwart und Zukunft. Nur, weil wir Menschen ausgefeilte Sprachen kennen, intelligentes Denken unser Eigen nennen, Herr aller Tiere und Pflanzen sind und Maschinen sowie die Atomkraft beherrschen, nehmen wir hinsichtlich des Weiterlebens nach dem Tod keine Sonderstellung ein.

»Mit dem Verstreuen meiner Asche bin ich wie alles andere Leben auch – unwiederbringlich Geschichte!«

2 Eine unerwartete Begegnung

Donnerlittchen!!! Plötzlich geschieht es:

… ich stehe vor Petrus …

Abb. 1: Apostel Simon Petrus (Wikipedia)

»Nimm Platz, mein Sohn. Möchtest du etwas trinken?«

Ich schiebe mich auf einen der Barhocker der kreisrunden Bar und schlürfe mein erstes Bier nach 10 Jahren Abstinenz. Tatsächlich, habe das letzte Jahrzehnt meines Lebens keinen Tropfen Alkohol angerührt. Schon erstaunlich, dass das hier anders ist.

»Wie haben dir die letzten 100 Kilometer deiner Anreise gefallen?«, fragt Petrus.

»Das war herrlich«, antworte ich.

»Zwei Trakehner Pferde vom Bauernhof meines Vaters aus dem Memelland, dem damaligen deutschen Ostpreußen, zogen mich auf einem »Landauer« (gefederte Kutsche). Ich hatte das Gefühl zu schweben, denn die mit Hartgummi beschlagenen Räder machten keinerlei Geräusche auf dem Untergrund der Straße. Das Lenken der herrlichen, dahintrabenden Pferde gab mir ein Gefühl von absoluter Freiheit.«

»Freut mich«, bemerkt Petrus,

»andere kommen mit dem Rennrad, aber auch mit dem Flugzeug oder der Titanic.«

Es sind einige Minuten vergangen. Erst jetzt vermag ich meinen Blick von Petrus zu lösen. Mein Auge sucht die anderen Flaschen an den Wänden der Bar. Keine Flaschen und auch keine Wände. Mein Blick verliert sich im luftleeren Raum der Unendlichkeit.

Petrus reinigt ein Glas mit einem bunten Geschirrtuch. Ich schlürfe Bier und kann es vor Neugier nicht mehr aushalten.

»Wo sind die anderen Menschen? Weshalb bin ich hier mit dir so allein?«, frage ich.

»Du hast doch sicher draußen die beiden richtungsweisenden Straßenschilder mit der Aufschrift ›Himmel‹ und der Aufschrift ›Hölle‹ gesehen«, antwortet Petrus,

»die guten Menschen, so wie du, mein Sohn, haben die Richtung zum Himmel gewählt – die schlechten folgten automatisch dem Wegweiser ›Hölle‹.

So wirst du alle deine Mitbewohner im Himmel sehen. Bald wirst du, mein Sohn, sie alle treffen – auch deinen älteren Bruder Siegfried sowie Vater und Mutter«, und er fährt fort:

»Zunächst erhältst du deinen neuen Namen«, und er zieht aus der rechten Tasche seines Gewandes eine kleine Schiefertafel, so wie ich sie noch aus der 1. Klasse von 1946 kenne und schreibt mit einem harten Griffel etwas auf diese Tafel. Es entsteht ein kratzendes, quietschendes Geräusch. Ich bin ganz erstaunt darüber, was da auf der Tafel zu lesen ist:

M 92.145.443.067

»Diese Nummer zeigt dir, mein Sohn, an, der wievielte gestorbene Erdenmensch du bist, seit **Adam** (M 12 – gestorben mit 54 Jahren) und **Eva** (M 17 – gestorben mit 59 Jahren). Zählt man an deinem Todestag, dem 12. Juni 2025, die etwa acht

Milliarden noch auf der Erde lebenden Menschen hinzu, hätte man alle auf der Erde geborenen Menschen − seit Adam und Eva − also **etwa 100 Milliarden**.

Und die obige Nummer ist nun auch dein neuer Name für alle Ewigkeit − mit dem >M< als Kennzeichnung für >Mensch<.

Dabei ist dein Leben von 85 Jahren, 2 Monaten und 6 Tagen auf der Erde nur eine kurzzeitige Zwischenstation. Wir haben während dieses Zeitraumes deinen Weg sehr genau beobachtet, vom hilflosen Säugling bis zum hinfälligen Greis. Dieser Zeitraum wurde eingeteilt in sechs unterschiedliche Bereiche − Kindheit, Jugend, Erwachsener/Jung, Erwachsener/Mitte, Erwachsener/Fortgeschritten, Erwachsener/Älter. Entscheidend sind für uns in diesen Zeitabschnitten gutes und schlechtes Verhalten, bezogen auf die vorhandene Fähigkeit der Einsicht in gutes und schlechtes Handeln. Es kann natürlich erwartet werden, dass mit zunehmendem Alter die Erkenntnis, eine schlechte oder gute Tat zu vollbringen, wächst − und zwar vor jeder Tat.

So kann ich dich beruhigen, mein Sohn. Nach Registrierung, Messung, Einordnung und Beurteilung aller Taten − **körperlich und geistig** − hast du die Eignungsprüfung bestanden! Damit bleibst du mit der „**Lebensmesszahl**" von 19,75 auf der „**Skala des Lebens**" im Himmel. Die Skala reicht von 1 bis 100. Menschen mit Messzahl ab 51 aufwärts kommen in die Hölle, so wie sie sie sich selbst vorgestellt haben.

Von allen Menschen am besten abgeschnitten haben bei dieser Beurteilung: Jesus 1,1 – Buddha 1,2 – Maria (Mutter Jesus) 1,3 – Schwester Theresa 1,5.

Jesus erhält einen Abzug, weil er die Menschen vergessen hat, die nicht an ihn glauben, obwohl er ja für alle Menschen gestorben ist.

Buddhas Abzug besteht darin, dass er nach Auszug aus dem Fürstenpalast des Vaters in Vorderindien niemals seine hinterlassene Ehefrau und den leiblichen Sohn besucht hat – und auch niemals eine freundliche Nachricht schickte.

Die absolut schlechteste Lebensbeurteilung hat der ehemalige „Führer" des Deutschen Reiches Adolf Hitler erhalten – mit 99,97! Drei hundertstel wurden ihm gutgeschrieben, weil er seine Mutter und seinen Hund Blondi liebte und den jüdischen Arzt seiner Mutter, Dr. Bloch, vor seinen Nazi-Schergen rettete. Millionenfacher Mord an Männern, Frauen und Kindern – aber auch an Freunden, sogar an seiner Cousine Aloisia, hätten auch die Beurteilung 100 zugelassen.«

»So, mein Sohn«, unterbricht Petrus seinen Redefluss,

»nach all diesen Erklärungen und den vielen Zahlen möchte ich dich ein wenig erfreuen«, und wie von Zauberhand bewirkt, sitzt ganz plötzlich auf dem Barhocker rechts neben mir eine wunderschöne junge Frau.

»Höchstens 19«, denke ich bei mir,

»nicht von schlechten Eltern«, sinniere ich so vor mich hin und bemerke sogleich unter der gerüschten Seidenbluse und dem kurzen goldfarbenen Röckchen die schlanke und im Brustbereich doch sehr üppige Figur. Lange, vom Barhocker herabhängende wohlgeformte Beine vervollkommnen das erste Erscheinungsbild absolut positiv.

»Ein zierliches Persönchen – höchstens 156 Zentimeter groß«, denke ich bei mir.

Und während ich das hübsche Persönchen unverhohlen mustere, dreht mir die junge Frau ihr Gesicht zu und erfreut mich mit einem wunderschönen geradezu entwaffnenden Lächeln. Dabei sind die Augenlieder fast zu Schlitzen zusammengekniffen, lassen aber den schelmischen, ein wenig blitzenden Blick der ausdrucksvollen dunklen Augen erkennen.

»Dieses Mädchen neben dir, mein Sohn, ist Nük (Thailändischer Spitzname), aus der Stadt Chiang Mai im Norden von Thailand. Ihr jetziger Name ist

M 92.145.443.065.

Sie ist fast auf die gleiche Sekunde wie du zu uns gekommen – gestorben bei einem Motorradunfall.«

Ich kann mich schwerlich von dem „schönen Kind" abwenden, denn ich bin fasziniert von dem schulterlangen pechschwarzen Haar, das das hübsche liebliche von heller Gesichtsfarbe gekennzeichnete Antlitz umfließt. Doch das Tüpfelchen ist die große goldene Schleife oben auf ihrem Haupthaar, passend zum goldfarbenen Röckchen.

»Vornehme hellweiße Blässe wie alle weiblichen Wesen in Chiang Mai und auch Chiang Rai (Norden Thailand)«, denke ich für mich. Doch ich kann nicht anders, wende meinen Blick nun Petrus zu und frage:

»Lieber Petrus, wie bin denn ich gestorben? Kann mich an rein gar nichts erinnern – hatte auch ich einen Verkehrsunfall?«

»Nein, nein, mein Sohn. Dein Tod trat urplötzlich ein. Hitzschlag bei 47 °Celsius im thailändischen Hochsommer um 11.00 Uhr morgens beim Spiel auf dem Tennisplatz in Pattaya. Der Tod trat nur wenige Sekunden nach dem Schlag ein. Die Seele verließ deinen Körper und kam zu mir. Danach wurdest du im Tempel >Wat Am Param< verbrannt. Deine Freunde fuhren auf dem Bestattungskutter >Baton< aus dem Fischerhafen Bangsary-Beach/Sattahip hinaus aufs Meer und verstreuten deine Asche.«

Petrus fährt fort:

»Nun, mein lieber M 067«, die übrigen acht Ziffern meines Namens lässt er weg und spricht weiter,

»Im großen Ganzen sind wir mit deinem langen Leben zufrieden. Du hast als Gewerbelehrer und Buchautor selbstlos Gutes getan. Dabei können wir natürlich nicht die als Zehnjähriger mit Nadeln getöteten Maikäfer übersehen. Schwerer wiegt, dass du als 35-jähriger den Hummer >Karl< lebend ins kochende Wasser eines Topfes geworfen hast, auch, wenn das die übliche Prozedur des Tötens gewesen ist – das nennt man Tierquälerei!

Auch deiner Ehefrau Helga hast du des Öfteren vor den Kopf gestoßen, obwohl sie – selbst in schwierigen Zeiten – immer zu dir gehalten hat.

Besonders fies hast du dich aber gegenüber drei Freundinnen in deiner Jugend verhalten:

Monika, die Deutsch-Argentinierin, wartet noch heute, nach 64 Jahren, auf den versprochenen Brief aus Deutschland. Während vier Reisen mit dem Hamburg-Süd Schiff >Cap Norte< hattest du in Buenos Aires viele schöne Stunden mit der argentinischen hellblonden Schönheit verbracht. Neben deinem Dienst als Ing.-Aspirant in der Schiffstechnik des schneeweißen Schiffes mit dem roten Schornstein, sorgte deine Freundin für interessante Paddel-Bootstouren mit ausgiebigem Picknick auf dem Tigre-Delta. Auch müssen wir dir „ankreiden", dass du keinerlei Verständnis für ihre anerzogene feine zurückhaltende Art hattest. Küssen und „rumfummeln" ließ die argentinische Erziehung der deutschen Mutter nicht zu.

Deiner nächsten Freundin Erika eröffnetest du nach 1,5 Jahren enger Beziehung, das „Aus" mit dem „Hammer":

»Ich werde die Finnin Irena heiraten«, brüskiertest du deine deutsche Freundin, ein sehr zurückhaltendes überaus freundliches und höfliches Mädchen. Du hattest bei dem Dozenten >Paule Lellmann< in Hamburg das Kleinst-Patent C2 gemacht, und fuhrst nochmal schnell vor Beginn der Schiffsingenieurschule (C5) als

2. Maschinist mit dem Seeschiff >Martina< zum Holzholen nach Finnland.

Als sich wiedermal die Redensart – »aus den Augen aus dem Sinn« – als zutreffend erwies und das mit der finnischen Krankenschwester nichts wurde, kamst du bei deiner wieder interessant gewordenen Erika erneut „angekrochen".

Wir müssen dir in diesem Falle bitter anrechnen, dass du zwecks Wiedergutmachung deine Erika scheinbar liebevoll in der Wanne badetest, obwohl eine erneute Trennung im Stillen gedanklich von dir bereits beschlossen war – so etwas nennen wir:

»Einen schlechten Charakter!«

Auch ein drittes weibliches Wesen wartete auf Post von dir. 27 lange verzweifelte Briefe vermochten es nicht, dein steinernes Herz zu erweichen. Du antwortetest nicht mit einer Silbe. Die schwarzhaarige Hamburgerin Renate, geboren in Shanghai, war mit ihrem gesamten Hausstand zu ihrem malariakranken Ehemann nach Schottland gezogen – ein Kapitän, der drei Jahre auf Trampfahrt gewesen war. Nachdem sie festgestellt hatte, dass es mit „ihrem Kapitän" auf Dauer nichts wird, wollte sie zu dir zurück. Ganz davon abgesehen, dass die Beziehung zu der >schwarzhaarigen Renate< mit der schneeweißen Haut, versehen mit Marylin-Monroe-Figur und Superbusen, nicht recht war (6. Gebot: Du sollst nicht ehebrechen), hättest du deine ehemalige Freundin mit ihrem großen Kummer nicht alleine lassen dürfen. Ein verständnisvolles, klärendes Gespräch hätte die Spitzen der Verzweiflung genommen.

24

Den zuvor negativ bewerteten Lebensabschnitten als Kind und als noch nicht gereifter Jüngling stehen aber später auch positiv zu bewertende Zeiten gegenüber.

Da du auch als Ratsherr in den Gemeinden Hollenstedt-Regesbostel (Niedersachsen, Deutschland) sieben Jahre lang ehrenamtliche Arbeit für deine Mitbürger geleistet hast, haben wir dich hier auch für eine herausgehobene Aufgabe vorgesehen. Besonders hervorzuheben sind aber deine Gedanken zu einem freiheitlich-gerechten Wirtschafts- und Regierungssystem. Du nennst das neue Wirtschaftssystem in deinen Büchern ›ZWEISTROM-SOZIALISMUS‹, weil die größten Kräfte auf der „Menschenerde" KAPITAL und ARBEIT zusammenfließen und sich zum Wohle der Menschen vereinen«, und Petrus wechselt abrupt das Thema:

»Die hübsche junge Frau neben dir passt nach unseren Recherchen charakterlich hervorragend zu dir. Sie soll dich bei deinen Tätigkeiten in Zukunft unterstützen und deine „Himmelspartnerin" sein. Wir haben sie schon gefragt: Sie ist damit einverstanden und freut sich auf ihr neues Leben nach dem Tod.

Du, mein lieber Neuankömmling, hast deinen 25-jährigen Körper zurück. Und, wie du bemerkt hast, ist auch deine Haarpracht wieder da – kein einziges weißes Härchen!

Nur, eine kleine Veränderung ist euch beiden offenbar in der Aufregung des Neuen gar nicht aufgefallen:

Eure Körpergrößen von 175 und 156 Zentimeter – und auch die meine mit 1,85 Meter – sind der Körpergröße aller Menschen im Himmel angepasst

– alle Männer und Frauen haben nunmehr das „Gardemaß" von genau 20,0 Zentimetern.

Ganz schön klein, nicht wahr – aber auch ganz schön praktisch bei 60 Milliarden Menschen im Himmel! Man denke nur mal an das Problem der Versorgung derart vieler Wesen (Individuen) mit Essen und Trinken sowie allen anderen Bedürfnissen des Lebens!

Vergessen werden natürlich nicht die 32 Milliarden Menschen, die nach ihrem Tod in der Hölle gelandet sind. Bei ihren auch nur 20,0 Zentimetern Körpergröße kümmern sich die >Toraner< mit allem Notwendigen um sie.«

3 Speisung der 92 Milliarden

Petrus wendet sich nun direkt uns beiden, auf den Barhockern Sitzenden zu. Dabei stelle ich fest, dass er genauso aussieht wie in irdischen Kirchenbildern zu sehen. Insgesamt eine imposante Persönlichkeit – sehr schlank, gelblich Gold mit Silberfäden durchwirktes Gewand, barfuß in Sandalen. Alles wird aber überstrahlt von einem gütigen Gesicht mit weißem Vollbart und weißem Haupthaar. Hervorzuheben ist aber sein tiefbraunes Gesicht, wie gegerbtes Leder anmutend –

unverkennbar der Fischer auf dem See Genezareth, so wie er Jesus als Jünger begegnete.

Erst in diesem Moment, als ich die imposante Gestalt Petri wahrnehme, wird mir bewusst, dass Nük und auch ich nahezu um das Achtfache geschrumpft sind. Die letzten Minuten, gefüllt mit Wissen und Neuigkeiten, gepaart mit verständlicher Aufregung, lenkten uns ab, die neuen Körpermaße zu registrieren. Da auch Petrus die gleichen Körpermaße wie die unseren aufweist, ließ uns auch ein Vergleich mit seiner Größe unseren Zwergenwuchs nicht wahrnehmen.

»So, meine beiden lieben Freunde«, beginnt Petrus erneut,

»ihr werdet nun etwas sehr Verwunderliches sehen. Aber gewöhnt euch ruhig daran. Viele Dinge, die ganz ungewöhnlich und fremd erscheinen, werden euch zukünftig täglich begegnen.

So habt ihr beide sicher noch in Erinnerung, dass Jesus während seines Erdenlebens einmal 5.000 hungrige Menschen speiste − mit nur zwei Fischen und fünf Laiben Haferbrot. Auch dir, liebe M 65, dürfte diese Geschichte bekannt sein, denn du wurdest ja in Thailand christlich erzogen.

Wie das vor über 2.025 Jahren möglich war, werdet ihr jetzt erfahren − nur dass heute nicht 5.000 Menschen gespeist werden, sondern 92.000.000.000 (92 Milliarden)!«

Und wir beiden Menschenkinder blicken erwartungsvoll in die Ferne. Uns ist schon klar, dass so etwas Großes nur draußen stattfinden kann und nicht in der Bar.

So sind wir dann auch gar nicht erstaunt, als in der Ferne zunächst schemenhaft und dann immer deutlicher riesige Gebirgszüge zu erkennen sind. Eine Einschätzung der Entfernung zu uns ist uns nicht möglich. Aber wir denken im Geheimen schon an 100, 200 oder gar 1.000 Kilometer. Zwischen den Bergzügen und der Bar ist nichts – nur Leere und eine ungewöhnliche Stille.

Diese Stille ist fast schmerzhaft. Uns beiden ist schon klar, dass diese Stille nicht ewig dauern kann – es muss etwas passieren.

Und wie herbeigerufen oder herbeigesehnt beginnt urplötzlich ein leises Zirpen. Das Geräusch des Zirpens nimmt ständig zu und nach fünf Minuten „klingen" uns unsere Ohren.

»Als wäre da ein Heuschreckenschwarm mit Millionen und Abermillionen schlagenden Flügeln«, denke ich so bei mir,

»das bedeutet also die Zahl Unendlich – 1.000 Kilometer lang, 1.000 Kilometer breit und 1.000 Kilometer hoch, nur Flügelschlag!«

Nun wird auch etwas sichtbar: Ein unüberschaubar groß erscheinendes Meer von kleinen blinkenden, hin und her schwirrenden Lichtern – soweit das Auge reicht – und wohl noch weiter!

Und plötzlich sehen wir vor der Bar zwei Stehpulte nebeneinander, nur wenige Meter voneinander entfernt. Und nun sind wir beide, von der Erde kommenden, doch ein wenig erschrocken:

Hinter den Pulten stehen zwei etwa 95 Zentimeter große Wesen – oder sind es gar Personen? Ihr Körperoberteil ragt minimal über die Oberseite der Pulte hinaus – aber mit merkwürdig lang geformten Köpfen. Die rechte Person scheint ein wenig älter zu sein als die linke.

»Aber, sonderbar«, kommt mir der Gedanke,

»beide haben absolut nichts gemeinsam mit Gesicht und Figur des überfreundlichen Petrus!«, dann die schmerzhafte Erkenntnis, geradezu verstörend wirkend:

»DAS SIND AUSSERIRDISCHE!«

Und sogleich beginnt das rechte Wesen zu sprechen – nur ein Wort, dem Lichtergewirr zugewandt.

»**Halleluja**«, und er ergreift mit der linken Hand das 2,5 Kilogramm schwere Gerstenbrot und mit der rechten Hand einen großen Blumenkohlkopf, gelegen oben auf seinem Pult.

Nach einer kurzen Pause spricht auch die Person am linken Pult … wieder nur ein Wort, ohne etwas auf dem Pult zu berühren:

»**Amen**«, und das war's.

Nach drei Sekunden ist der „Spuk" vorbei!

Die Milliarden schwirrenden „Heuschrecken" sind weg – und auch die beiden Außerirdischen samt Pult, Brot und Blumenkohlkopf sind verschwunden. Ebenso verblassen die Gebirgszüge in der Ferne bis nichts mehr zu sehen ist.

Es vergehen zwei bis drei Minuten. Die junge Thai und auch ich sind schweißgebadet. Und zu allem Überfluss fragt uns Petrus:

»Ihr Lieben, möchtet ihr etwas essen oder etwas trinken?«

»Nein, nein lieber Petrus, wir sind satt und haben auch keinen Durst«, bringen wir beide, wie aus einem Mund, stammelnd hervor. Wir sind schneeweiß im Gesicht, der Schreck liegt uns in den Gliedern. Sogar Nüks strahlendes, helles Antlitz ähnelt nun der weißen Fratze des Todes – entgeistert, gar nicht mehr lieblich und lebend.

Nach einer kleinen Pause übernimmt Petrus wieder das Wort. Will uns wohl von unseren quälenden Gedanken befreien – wobei er vielsagend lächelt – und seinen schmunzelnden Gesichtsausdruck gar nicht zu unterdrücken sucht. Er fragt nochmals:

»Ihr beiden Lieben, möchtet ihr etwas essen oder etwas trinken? Ich habe alles da, was das Herz begehrt.«

»Nein, nein«, antworten wir wieder, wie aus einem Mund – ich auf Deutsch, sie auf Thai.

»Wir sind beide satt und haben keinen Durst.«

»Im läo, djang leu«, ergänzt das Thai-Mädchen noch zur Verstärkung in ihrer Muttersprache (Bin wirklich satt!).

»Seht ihr beiden Lieben, es hat geklappt. Genauso satt und ohne Durst wie ihr beiden, sind alle 92 Milliarden gestorbenen Menschen – **im Himmel und in der Hölle**. Es war nur erforderlich, ihre

Seelen herbeizurufen und nach der Speisung wieder in ihre Körper zurückzusenden. So ist es auch mit euren Seelen geschehen.

**Euer beider Seelen waren kurz weg,
im Tumult der anderen,
kamen nach der Speisung aber wieder zum
Körper zurück und nahmen euch Hunger und
Durst.**

Genauso hat es Jesus vor über 2.000 Jahren gemacht. Allerdings − 5.000 menschliche Körper mit zwei Fischen und fünf Gerstenbroten vermag auch Jesus nicht auf dem direkten Wege zu speisen und zu sättigen – aber mit Hilfe des Umweges über die Seele funktioniert die Sache hervorragend, wie ihr beiden Lieben es selbst erfahren habt.

So liest man heute noch zur wundersamen Speisung der 5.000, dass noch zusätzlich mehrere Körbe mit Brotstücken gefüllt wurden. Das liegt ganz einfach daran, dass die Menschen, die dabei waren, den Weg über die Seelen nicht bemerkt haben. Auch Jesus vermag es nicht, aus fünf Broten 2.000 Stück zu machen oder zwei Fische um 1.000 Fischkörper zu vermehren.«

4   Gott gibt sich zu erkennen

Nach zwei Minuten hatten Nük und ich die Sache mit der Speisung begriffen – zumindest insoweit, wie es unser kleines Gehirn zuließ.

Doch es blieb die Frage:

»Wer waren die beiden „übergroßen" auf uns etwas bedrohlich wirkenden, aber außermenschlich aussehenden Wesen an den Pulten? Und welche Macht verlieh ihnen die Fähigkeit, das gesehene Wunder zu vollbringen?

Denn ein großes Wunder musste es schon sein!« darin waren Nük und ich uns einig, ohne darüber miteinander gesprochen zu haben. Die Sache war, ganz einfach mit unseren Worten formuliert,

„ÜBERMENSCHLICH"!

So dauerte es noch eine weitere Minute, bis ich es wagte, Petrus anzusprechen.

»Lieber Petrus, wer waren die beiden Personen, wohl fünfmal so groß wie wir, an den Pulten, und wer gab ihnen die Fähigkeit, das gesehene Wunder zu vollbringen?«

„Ja, ihr beiden, M 65 und M 67, die Menschen auf der Erde können das Dasein und die Taten von Jesus und seinem „Vater" Gott nicht beweisen. Sie vermögen es nur, Dasein und Wirkung der beiden über den Glauben zu erklären und im Bedarfsfalle gedanklich zu aktivieren. Es gibt ja leider auch keinen Menschen, der mit Jesus zusammen war und danach darüber für die Nachwelt berichtet hat. Selbst die Evangelien in der Bibel, genannt Johannes-, Markus-, Lukas- und Matthäus-Evangelien, tragen zwar die Namen von Jesus Jüngern, sind aber nicht von diesen verfasst. Diese Evangelien entstanden auch nicht, wie schon gesagt, in der Zeit Jesu, sondern lange danach. Die gesamte Lehre Jesu besteht also im Glauben der

Menschen und nicht auf nachvollziehbarer, beweisbarer Überlieferung.

Diese bitten zwar ununterbrochen um Hilfe bei der Bewältigung ihres Lebens, weil sie fest vom allgegenwärtigen Dasein Jesu und seines „Vaters" Gott überzeugt sind.

Sie glauben, dass alles – sie selbst, die Erde das Universum von ihm, dem >Allmächtigen Gott< geschaffen wurde – von ihm, den noch niemand gesehen hat. Doch die Menschen werden staunen, wenn sie eines Tages erfahren, woher sie stammen – wer sie gemacht hat.

Sie werden auch staunen, wenn sie erfahren, dass ein anderer Gott – „der wahre, wahrhaftige" Gott ihnen bei allen ihren Problemen helfen könnte, es aus gutem Grunde aber nicht tut.

So kann ich euch beiden, meine Lieben, schon zu diesem Zeitpunkt sagen, dass die Ahnung der Menschen vom Vorhandensein eines Gottes, einer allmächtigen Kraft, durchaus richtig ist. Nur sie, die Menschen haben keine Ahnung, wer Gott ist und in welcher Form er nach einem Hilferuf helfen könnte. Auch die häufig gehörte Behauptung, dass Gott in jedem Menschen sei, kann man nur als anmaßende Einbildung abtun. Dass Gott aber allmächtig ist und sich im Himmel befindet, kommt der Wahrheit schon sehr nahe. Doch Gott ist nicht ein alter gütiger Mann mit weißem Bart oder eine im Universum schwebende allmächtige Lichtgestalt, sondern Gott ist

EIN RIESIGER COMPUTER, DER VON AUSSERIRDISCHEN BEDIENT WIRD!

Ja, ihr beiden, meine lieben Kinder, ihr seid zwar nach menschlichem Verständnis im Himmel – doch der Himmel ist nicht ein blauer Raum über den Wolken eurer Erdatmosphäre, sondern er befindet sich auf dem felsigen Grund

des Planeten >TORA<,
2,5 Millionen Lichtjahre entfernt
von der „Menschenerde", in der
Andromeda-Galaxie!

So kann ich euch, meine Lieben, auch erklären, durch wen die **92 Milliarden gespeist und gesättigt** wurden:

Es war

>Gott<,

ein Riesen-Computer und zwei Außerirdische!
Ein Computer, der von zwei lebenden
Außerirdischen bedient wurde ...

Man könnte also vereinfacht erklären:

>Gott< ist fortschrittliche Computertechnik,
gepaart mit außerirdischer Intelligenz –
hervorgerufen und entwickelt vom viele
Millionen Jahre alten Volk der >Toraner< auf
dem Planeten >Tora< (>Erde IV<) in der
Andromeda-Galaxie!

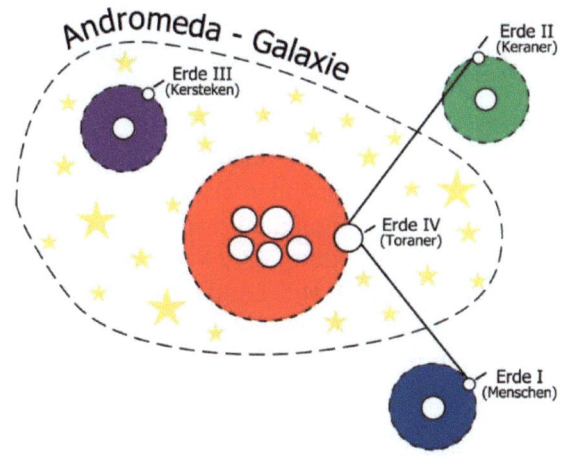

Abb. 2: Schema – Darstellung der Andromeda-Galaxie und die Lage von vier Planeten, die alle die Bezeichnung >Erde< führen – nach der Idee des Verfassers. Die Entfernung von der „Menschenerde" bis zur Andromeda-Galaxie beträgt etwa 2.500.000 Lichtjahre

Zwei kleine, nur 95 Zentimeter große Lebewesen und ein Computer mit den Raummaßen

**100 Meter x 100 Meter x 100 Meter
= 1.000.000 Kubikmeter!**

Das entspricht etwa dem Raum, der 22-fachen Wasserverdrängung (45.000 Tonnen Wasser) des 1912 gesunkenen Luxusliners >TITANIC< – und alles gelegen unter einer unscheinbaren Rundkuppel auf dem Planeten >TORA<.«

5 Menschen und ›Toraner‹ – das Geheimnis um zwei Völker

»Nunmehr kann ich euch beiden Menschenkindern, die ihr noch vor kurzem unter den acht Milliarden Lebenden auf der Erde weiltet, zugehörig den Nationalitäten Deutsch und Thai sagen, welche Verbindung es zwischen dem Volk der ›Toraner‹ und den 195 Ländern der Menschen gibt. Danach werde ich euch in euer neues Zuhause – im Himmel auf ›Tora‹ – entlassen. Doch zunächst ein klein wenig Geschichte:

Im Folgenden möchte ich auf die besonderen Beziehungen und Abhängigkeiten der ›Toraner‹ zu den Menschen eingehen. Dabei werde ich ein weiteres großes Geheimnis preisgeben. Ihr werdet dabei auch erkennen, wie eng die Geschichte der ›Toraner‹ mit der Geschichte der Menschen verwoben ist.

Erstmals 2012 wurde im Roman ›Adolf Hitler »Das Böse«‹ – und die Rache des Ziegenbocks von Leonding‹ gezeigt, wie die ›Toraner‹ aussehen.

Für die Menschen ist der glückliche Umstand eingetreten, dass eure Wissenschaftler 2003 ›Den Kleinen aus der Atacamawüste‹ in Chile gefunden haben jenen kleinen, nur 13 Zentimeter großen Skelett-Körper, der den Menschen so viel Kopfzerbrechen macht.

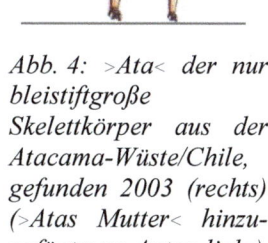

Abb. 3: >Immo<, ein Junge auf dem Planeten >Tora< mit seiner Mutter (2.500.000 Lichtjahre entfernt von der „Menschenerde")

Abb. 4: >Ata< der nur bleistiftgroße Skelettkörper aus der Atacama-Wüste/Chile, gefunden 2003 (rechts) (>Atas Mutter< hinzugefügt vom Autor, links)

Falls man genau hinsieht und die beiden Bilder vergleicht, wird man bei der Betrachtung große Übereinstimmung feststellen.

Und richtig, soviel darf ich schon heute verraten:

>Der Kleine< mit dem nur bleistiftgroßen Körper gehört mit allergrößter Wahrscheinlichkeit zu einem kleinwüchsigen Bergvolk, das vor mehreren Millionen Jahren auf der „Menschenerde" lebte. Mehr darf ich zu diesem Zeitpunkt noch nicht verraten, so lautet die Anweisung der >Toraner<.

So wissen auch die >Toraner< zu diesem Zeitpunkt nicht genau, wie >Der Kleine< aus den Bergen in die Atacama-Wüste kam. Erst eine Fernanalyse von >Tora< aus, wird Klarheit schaffen, wie >Der Kleine< mit Hilfe von riesigen Erdverwerfungen, hervorgerufen durch mehrere Eiszeiten, seine ungewöhnliche Wüstenruhestätte fern seiner Heimat fand. Auch seine genaue Herkunft und sein Alter können dann nachgewiesen werden.

Immerhin haben eure Wissenschaftler auf der „Menschenerde" bereits vorgearbeitet und festgestellt,

dass >Der Kleine< über menschliche, aber auch über außerirdische DNA verfügt.

Wir werden später nachweisen, dass diese beiden an sich unterschiedlichen Merkmale in sich selbst keinen Widerspruch darstellen, sondern durchaus ein Bindeglied zwischen den Menschen und den >Toranern< sein können.

Nun zu den besonderen Wesensmerkmalen der >Toraner< und deren Bezug zu den Menschen.

Hierzu beziehe ich mich auf **Prof. Immo** von der Hauptuniversität des Planeten >Tora<. Er sagt in einem Grußwort folgendes:

»Es gibt besondere, hervorstechende Unterschiede zwischen den beiden Spezies.

So müssen wir erkennen, dass wir, anders als die Menschen, **nicht fühlen** können.

Glück, Trauer, Freude sind Empfindungen, die uns bereits vor vielen Millionen Jahren verloren gegangen sind. Das liegt ganz einfach darin, dass in unserem Körper alle Funktionen durch Chips gesteuert werden, die in unserem Kopf sitzen. Wir sind nicht einmal in der Lage zu weinen. In strengerem Sinne sind wir deshalb nur noch **Maschinen**, obwohl wir den Menschen in vielen anderen Dingen auch ähnlich sind.

Auch werden während unseres Lebens, das durchaus zwei bis drei Millionen Jahre währt, alle Organe und Glieder vielfach gegen neue ausgewechselt – und, wenn bei uns der Schalter auf ›Tod‹ gelegt wird, dann sind wir wirklich tot – augenblicklich!

Schade, auch wir ›Toraner‹ würden allzu gerne Gefühle haben wie die Menschen und die ›Keraner‹ (Volk auf Nachbarplanet von ›Tora‹). Unser Dasein wäre um Vieles liebenswerter. Doch das sind nur Träume, fromme Wünsche. Leider können wir die Fähigkeit zum Fühlen niemals wieder zurückerlangen – trotz unserer übergroßen Intelligenz. Darin sind uns die primitiven Wesen auf ›Erde I‹ („Menschenerde") und ›Erde II‹ (›Keranererde‹) haushoch überlegen.

Auch wir ›Toraner‹ waren einmal vor langer, langer Zeit zu schönen Empfindungen fähig wie

- **glücklich sein**
- **fröhlich sein**
- **traurig sein**

… und auch dazu, uns über etwas zu freuen.

Alles begann vor über 65 Millionen Jahren auf der „Menschenerde" als die Dinosaurier starben. Ein Komet aus dem Weltall vernichtete damals das

Leben aller großen Tiere und auch der Pflanzen. Stürme, Feuersbrünste, Ascheregen und Überflutungen rasten über den Erdball und eliminierten fast alles Leben. Doch wie es manchmal im Kleinen ist, so verhält es sich auch im Großen:

Aus der Asche der verbrannten Erde entsteht wieder neues Leben!

Und nun staunt, meine lieben Mitbürger. Was damals zunächst zaghaft und schwach wie kleine Pflänzchen aus dem zerstörten Erdreich hervorkam, sehen wir heute auf unserem Planeten ›Tora‹.

Unser intelligentes Volk, das in dem verwüsteten Erdplaneten (›Erde I‹) seinen Ursprung hat!

Ja, das ist eigentlich eines unserer größten Geheimnisse:

Wir ›Toraner‹ stammen von der „Menschenerde"!

Wir entwickelten uns schnell – und auch die Tiere und die Pflanzenwelt.

Ja, liebe Mitbürger, wir ›Toraner‹ lebten vor den Menschen auf ›Erde I‹. Wir sind die Vorfahren der Menschen, was diese natürlich nicht wissen – nicht im Entferntesten ahnen. Selbst, wenn sie es in diesem Buch lesen, werden sie es nicht glauben, obwohl sie sich schon seit Menschengedenken mit dem Gedanken ihrer Herkunft herumschlagen – weil sie wissen, dass mit ihrer Herkunft irgendetwas noch im Dunkeln liegt.

Die einen meinen, der Mensch stamme vom Affen ab.

Die anderen vertreten die Ansicht, Menschwerdung erschließt sich aus einer ganz anderen Abstammungslinie – entwickelt aus Mikroben zu kleinen Lebewesen und dann über das Erlernen des aufrechten Ganges bis hin zum >Homo sapiens< – dem Menschen.

Eine dritte Theorie der Menschwerdung vertritt die Auffassung, dass alles einem Gott, einem Schöpfer zuzuschreiben sei. So liest man in dem großen Buch, das sie Bibel nennen:

»Gott schickte Adam und Eva, damit sie sich vermehren mögen!«

Wissenschaft ist bei dieser Gruppe nicht so sehr gefragt. Stattdessen setzt hier der Glaube ein. Das geschieht immer dann, meine lieben Zuhörer, wenn die Menschen keine rechten Erklärungen haben, wie z. B.:

Für die Herkunft, das Leben, den Tod und das Leben nach dem Tod.

Man könnte zumindest den beiden zuletzt genannten theoretischen Richtungen attestieren, dass ihre Verfechter in der Menschwerdungsfrage gar nicht so ganz falsch liegen. An jeder dieser beiden Denkrichtungen ist etwas Wahres dran. Man befindet sich schon irgendwie auf dem richtigen Weg – das Ziel zwar erahnend, aber wegen letzter fehlender Bestätigung doch nur schemenhaft im Nebulösen liegend.

Es ist schon erstaunlich, mit welcher Energie und Intensität der Mensch hinsichtlich seiner Herkunft nach brauchbaren Erklärungen sucht, geradezu verbissen ist, Antworten auf diese brennenden Fragen zu finden.

So werdet ihr, meine verehrten Zuhörer, sicher wiederum überrascht sein, wenn ich euch einige Dinge erkläre, die die meisten von euch nicht wissen können.

Die >Toraner< entwickelten sich nach der furchtbaren Katastrophe auf der „Menschenerde" vor nunmehr 65 Millionen Jahren in einem rasanten Tempo.

Man kann unsere damaligen Entwicklungssprünge durchaus mit denen der Menschen und >Keraner< vergleichen. Nur sind diese Spezies mit ihren gerade mal 300.000 Jahren Entwicklungs-geschichte noch sehr jung, so dass ihre Intelligenz bei weitem nicht die unsrige erreicht hat.

So waren die >Toraner< auch bald fähig, ferne Sterne, Planeten und andere Sonnensysteme zu besuchen. Während ihrer Evolutionsgeschichte gelang es ihnen, im Weltall alsbald Reisegeschwindigkeiten zu erreichen, die dem Vielfachen der Lichtgeschwindigkeit entsprachen. Für sie gab es bald keine Probleme,

mit mehr als einer Milliarde Kilometern pro Sekunde zu reisen.

Dazu ein kleiner Versuch zur Veranschaulichung bezüglich dieser enorm hohen Reisegeschwindigkeit.

So haben die >Toraner< neben Meter und Kilometer als neues Längenmaß den Erdumfang von >Erde I< („Menschenerde") eingeführt (rund 40.000 Kilometer).

Damit ist eine Hilfsgröße entstanden, dass selbst menschlicher Verstand eine kleine Vorstellung von den riesigen Entfernungen im All bekommt.

Danach würde ein Raumschiff bei Lichtgeschwindigkeit 7,5-mal in einer Sekunde um den Erdäquator von >Erde I< fliegen.

Bei einer Reisegeschwindigkeit von einer Milliarde Kilometern in einer Sekunde betrüge dann die Zahl der Äquatorumrundungen pro Sekunde bereits 25.000 – das geschähe dann bei 3375facher Lichtgeschwindigkeit.

Bei dieser Reisegeschwindigkeit erreichten dann die >Toraner< ihre neue Heimat auf dem Planeten >Tora< in der Andromeda-Galaxie in etwa 600 Menschenjahren – einer damals angemessenen Reisedauer. Da ihre Lebenserwartung auch auf viele Tausend Jahre gestiegen war, gab es in dieser Frage keine Probleme.

Auch die Reisedistanz nach >Tora< war schon wegen der fast unendlichen Entfernung von über zwei Millionen Lichtjahren natürlich nicht mit normal betankten Flugobjekten zu erreichen – sei es Dieselöl, Kerosin oder Kernspaltung.

So haben unsere Raumschiffe nur die Brennstoffmenge an Bord, die nötig ist, um etwa 600 Jahre lang die Besatzung und alle technischen

Systeme im Inneren zu versorgen sowie Startphase und Landung zu gewährleisten.

Am äußeren Schiff befindet sich nichts – nur glatte Oberfläche.

Dabei kam uns ein gewaltiger Sprung in unserer Evolutionsgeschichte zu Hilfe, ein Sprung, ohne den unbeschwertes schnelles Reisen im Weltall nicht möglich wäre.

Es gelang uns, die größte im All bekannte Energie zu zähmen und für die Raumfahrt nutzbar zu machen:

>SCHWARZE LÖCHER< [1]

>Schwarze Löcher< können verwendet werden, um ganze Sterne und Planeten zu zerstören oder neu entstehen zu lassen. Diese ungeheure Energie konnten und können wir gegen jede Bedrohung von außen nutzen. So könnte auch keine andere Macht im All es mit uns aufnehmen, falls es zu einer kriegerischen Auseinandersetzung käme. Diese Gefahr eines intergalaktischen Krieges ist damit für alle Zeiten gebannt. Kriege gibt es nur noch bei den unterentwickelten Spezies, den Menschen, den >Keranern< und den >Kersteken< auf ihren >Erden I, II und III<.

Wollen wir z. B. von >Tora< zur „Menschenerde" reisen, so bereiten wir für die gesamte Distanz von 2,5 Millionen Lichtjahren einen Tunnel vor. Dieser Flugkanal ist dann auch von allen Asteroiden und weiteren herumfliegenden Objekten gereinigt, so dass der eigentliche Reiseweg absolut frei ist von unerwünschten Hindernissen.

Unser Raumschiff hat die ideale Flugform – nämlich die der

Kugel:

**widerstandsfähig, stabil
und ausgestattet mit größtmöglichem
Rauminhalt bei kleinster Hülle!**

**Die Energie des >Schwarzen Loches< setzt nun
so an, dass das „Kugelschiff" durch den
Tunnel gezogen, aber auch gleichzeitig
von hinten geschoben wird.**

Auf die gewaltigen Kräfte, denen ihre Körper als Besatzung des Raumschiffes bei der Beschleunigung und auch beim Abbremsen ausgesetzt sind, soll an dieser Stelle nicht bis ins Kleinste eingegangen werden – das Problem haben wir aber bereits vor langer, langer Zeit gelöst. Es kann aber so viel gesagt werden, dass die feste Materie der Körper in einen gasförmigen Zustand überführt und bei Bedarf wieder in den festen Zustand zurückverwandelt wird. So ist gewährleistet, dass die Körper von Besatzung und Passagieren Beschleunigung und Verzögerung bei Start und Landung völlig unbeschadet überstehen.

Die Menschen und die >Keraner< wundern sich, weil sie bei allen Überlegungen zur Praxis des Weltraumreisens nicht wesentlich weiterkommen. Ihre heutigen Geschwindigkeiten zum Mond, zum Jupiter und zum Mars von 20.000 bis 30.000 Kilometern pro Stunde (5,6 bzw. 8,3 Kilometer pro Sekunde) sind natürlich völlig ungeeignet zum Überbrücken intergalaktischer Entfernungen.

Die Menschen und die >Keraner< wundern sich darüber, dass sie auch theoretisch bei allen Überlegungen betreffend des Weltraumreisens nicht vorankommen. Das liegt ganz einfach daran, dass bezogen auf die „Unendlichkeit« des Weltalls" die kleinen menschlichen und >keranischen< Gehirne nicht geeignet sind, auch nur ansatzweise tragbare Lösungen verständlich zu erarbeiten.

Es bedurfte auch bei den >Toranern< ganz neuer Denkansätze – zu leisten nur von Maschinen.

Selbst wenn der geniale Physiker Albert Einstein von der „Menschenerde" weitere 10.000 „Einsteins" zur Unterstützung hätte, sein Raumschiff würde bei den heutigen Geschwindigkeiten – und selbst bei Lichtgeschwindigkeit – nicht einmal den ersten Stern in seinem eigenen Sonnensystem erreichen! (etwa 5 Lichtjahre = 50 Billionen Kilometer/ Sternname: Alpha Centauri C)

Der intergalaktische Traum der Menschheit würde also für sie nie wahr werden!

So hat ein Film mit Namen >Star Trek< bereits dargestellt, dass man schon mit einer Milliarde Kilometern pro Sekunde reisen muss, um andere Welten zu erreichen. Die Ingenieure von >Star Trek< unterteilen ihre Geschwindigkeiten beispielsweise von >Warp 1< bis >Warp 15<.

Das bedeutet beispielsweise für >Warp 2<:

2^3 mal 300.000 Kilometer pro Sekunde
= 8 mal 300.000 Kilometer pro Sekunde
= 2.400.000 Kilometer pro Sekunde.

Das bedeutet für >Warp 15<:

15^3 mal 300.000 Kilometer pro Sekunde
= 3.375 mal 300.000 Kilometer pro Sekunde
= 1.000.000.000 Kilometer pro Sekunde.

In Worten:

Bei >Warp 15< reist man im Weltraum mit einer Geschwindigkeit von 1 Milliarde Kilometern pro Sekunde.

In besagten Filmen fliegen die Menschen auch schön schnell und weit, wobei ihre Antriebsenergie im Inneren des Raumschiffes in Form von Treibstoff gebunkert ist.

Doch es bleibt die Frage: Wie weit gedenken sie tatsächlich zu kommen, wenn sie ihre Traumfabrik >Film< verlassen?

Falls ihr Raumschiff gar so groß wäre wie das der >Toraner< – selbst bei

Kugelform mit 10 Kilometern Durchmesser und 523 Kubikkilometern Rauminhalt für Treibstoffbunker

– wäre die Reise wegen der geradezu unendlichen Wegstrecken schnell zu Ende.

Man bedenke, dass allein die Flugdistanz von der „Menschenerde" nach >Tora< in der Andromeda-Galaxie einer Größe entspricht von etwa 10 Billionen Kilometern multipliziert mit etwa zwei Millionen Jahren Flugdauer.

Das ergibt, ausgedrückt in Zahlen:

10.000.000.000.000 mal 2.000.000
= 20.000.000.000.000.000.000 Kilometer
= 20 Trillionen Kilometer.

**(Unfassbar große Entfernung – für Menschen
nicht vorstellbar)!**

Weil auch der Wissenschaft auf der „Menschenerde" dieses Problem bekannt ist, und man weiß, dass die möglichen Treibstoffmengen im Raumschiff geradezu winzig klein sind im Vergleich zu den gewünschten riesigen Distanzen in der „Unendlichkeit des Alls", haben sich manche eine Eselsbrücke gebaut.

Man fliegt nicht mehr 2.000.000 Lichtjahre von A nach B, nein, man klappt den gesamten Weltraum einfach zusammen wie ein Blatt Papier – im Extremfall Blatthälfte an Blatthälfte und fährt nur noch durch die Blätter hindurch. Der Satiriker würde sagen: Einfach genial gelöst!

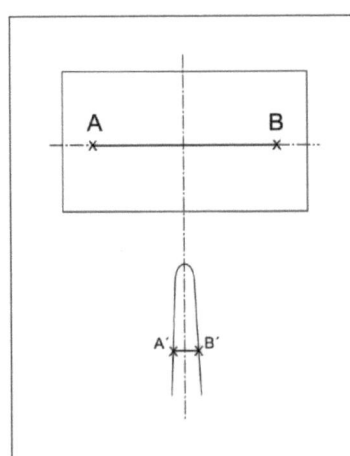

Abb. 5: Schema, der >Weltraum<, zusammengefaltet wie ein Blatt Papier: Der Weg von A nach B wird deutlich verkleinert auf die Entfernung A' nach B'

Kürzlich gab es eine Fernsehsendung auf der „Menschenerde", wo es sich zeigte, dass man der Lösung des Geheimnisses der menschlichen Herkunft schon sehr nahegekommen ist. Die Wissenschaftler hatten erkannt, dass im Rahmen ihrer genetischen Betrachtungen alle Menschen auf >Erde I< von den gleichen Vorfahren abstammten. Sogar der verstorbene Präsident Mobutu des Kongo hatte sich diese neuen Erkenntnisse zu seinen Lebzeiten zu Eigen gemacht, denn er verkündete, bezogen auf alle Menschen dieses Planeten wörtlich:

»Wir sind alle eine große Familie, weil wir die gleichen Vorfahren haben!«

Danach gibt es in strengerem Sinne keine Chinesen, Japaner, Europäer, Mongolen, Araber, Indianer oder Afrikaner – die Gene beweisen es:

**Wir haben alle
den gleichen „Urvater"!**

Die Gene, das Erbgut aller Menschen, ist in seinem Ursprung gleich, egal, ob sie nun gelb, schwarz, weiß oder gar rot sind.

Vor etwa 70.000 Jahren gab es danach in Afrika eine kleine Gruppe von nur ca. 10.000 schwarzen Menschen. Die Spezies wanderte dann in Teilen nach Asien, Australien, Europa und über Alaska nach Amerika. Die ursprünglich schwarzhäutigen Menschen passten sich relativ schnell dem Klima ihrer neuen Lebensräume an und entwickelten im Rahmen ihrer evolutionären Angleichung an die neuen Umwelten auch unterschiedliche Hautfarben wie weiß, gelb, braun oder rot.

Die Kernaussage dieser Erkenntnisse:

Die Wiege der Menschheit
liegt in Afrika

Nun, liebe Mitbürger könnte man sagen: Falls die Menschen es fertigbringen, über ihren eigenen Schatten zu springen, dann ist es bis zur Wahrheit nur noch ein kleiner Schritt. Sie ergänzen die Aussage ihrer Bibel:

»Gott sandte Adam und Eva als erste Menschen auf die Erde«

und die >Toraner< fügen hinzu

»und er schickte sie nach Afrika und ihre Hautfarbe war schwarz!«

Dann hat natürlich auch der erwähnte Präsident Mobutu Recht, wenn er sagt:

»Die Wiege der Menschheit liegt in Afrika – mit dem gleichen Vater und der gleichen Mutter als Vorfahren!«

Das bedeutet, dass sie alle auf Erden keine Einzelvölker, sondern tatsächlich eine große Familie sind, die in den Anfängen die gleiche genetische Ausstattung hatte! Und in der Tat in dieser Frage haben die Menschen das Rätsel um ihre Herkunft beinahe gelöst – beinahe muss ich hinzufügen, denn das Wesentliche fehlt noch!

Damit ihr, meine lieben Mitbürger, lernt euer neues jetziges Zuhause und auch das alte auf eurer Ursprungserde (>Erde I<) besser verstehen lernt, muss ich euch noch einige Informationen geben.

Als die >Toraner< nach mehreren Millionen Jahren auf der „Menschenerde" damals die Intelligenzstufe erreicht hatten, den Weltraum zu beherrschen, wurde es höchste Zeit, diese, ihre Fähigkeiten auch zu nutzen, denn:

- die Erde hatten sie, heruntergewirtschaftet, vergleichbar dem, was den Menschen wohl auch bald gelingt, wenn sie so weiter machen wie bisher
- Atombrennstäbe und allen weiteren anfallenden Müll einer Technikgesellschaft hatten sie unter sich im Erdinneren, in den Weltmeeren und über sich in der Atmosphäre gelagert
- die „kleine Kugel" war regelrecht ausgesogen, ja geradezu „ausgelutscht", denn alles Nutzbare, wie heiße Dämpfe, Lava und alle Bodenschätze hatten sie entnommen
- als Ausgleich zur Aufrechterhaltung der Gleichgewichte wurden anfallende Gifte wie z. B. Kohlenmonoxid, Kohlendioxid, Schwefeldämpfe u. a. ins Erdinnere gepumpt.

Da sie ohne Planung alles, was man als Industrienationen brauchte, an günstigen Stellen herausnahmen, aber an anderen Stellen planlos unsere Abfallgifte wieder der Erde übergaben, hatte das zur Folge:

Der kleine Erdball mit seinen gerade mal 12.000 Kilometern Durchmesser wurde instabil!

Die „Kugel" sah aus wie ein alter Fußball, dem die Luft ausgegangen war – ein Fußball, der so hässlich und unbrauchbar war, dass es auch nicht ein einziges Kind gab, das damit hätte spielen wollen!

Riesige Erdspalten unter den Ozeanen – Tsunamis – Treibhauseffekt mit Schmelzen der Pole – Anstieg der Ozeane mit der Folge des Untergangs ganzer Länder und Kontinente – **Kriege mit konventionellen und Atomwaffen waren das Ergebnis. Kleine Länder warfen Nuklear-Bomben auf kleine Nachbarländer mit der Folge, dass die radioaktiven Wolken auch große Länder trafen.**

Dieses Phänomen ist nicht nur den >Toranern< bekannt, sondern auch den Menschen auf ihrer „Mutter Erde". Dazu eignet sich besonders der Artikel von Markus Pezold mit dem Titel:

>*Die Atombomben des Mahabharata*<,

einem altindischen Epos, niedergeschrieben in der Zeit etwa 400 v. Chr. bis 400 n. Chr.

Der Autor schreibt:

In der Literatur der alternativen Archäologie sind sie seit Jahrzehnten immer wieder ein Thema: Die Atombomben des Mahabharata. Zitate aus dem indischen Nationalepos sollen belegen, dass bereits die alten Inder Atomwaffen einsetzten. Bereits 2001 wurde diese These für Mysteria 3000 näher untersucht.

Einleitung:

Seit vielen Jahren tauchen sie in der grenzwissenschaftlichen Literatur auf: Die Zitate aus heiligen indischen Büchern, die antike Atomexplosionen schildern sollen. Sie finden sich *sowohl bei dem Schweizer Götterforscher Erich von Däniken (1) als auch in Charles Berlitz Werken über versunkene Kontinente (2). Nach Berlitz kann man zum Beispiel im indischen Epos Mahabharata lesen von: ... einem einzigen Geschoss, das die Kraft des Universums in sich trug. Eine weißglühende Säule aus Rauch und Flammen, heller als zehntausend Sonnen, erhob sich in all ihrem Glanz ... Es war eine unbekannte Waffe, ein eiserner Donnerkeil, ein gigantischer Todesbringer, der das ganze Volk der Vrischnis und der Andhakas zu Asche verbrannte ... Die Körper waren so verbrannt, dass sie unkenntlich waren. Ihre Haare und Nägel fielen aus. Tongefäße zerbrachen ohne ersichtlichen Grund, und die Vögel waren weiß geworden. Nach ein paar Stunden waren alle Nahrungsmittel vergiftet ... Um diesem Feuer zu entgehen, warfen sich die Soldaten in die Flüsse und versuchten, sich ihre Ausrüstung abzuwaschen ..."* (3) [2]*

Und hier die Fortsetzung von weiteren Horrormeldungen, verursacht von den >Toranern<, während ihres Aufenthaltes auf der „Menschenerde" vor vielen Millionen Jahren:

… Überschwemmungen, die sich abwechselten mit Dürreperioden – Wälder gab es nur noch in Kulturfilmen zu sehen – Revolutionen „weltweit".

Auch die Jugend rebellierte – die Bevölkerung wuchs ungebremst – der Kampf um Arbeit, Wasser, Brot und Geld eskalierte – keiner wartete mehr, Geduld war ein Fremdwort – die „Nichtbesitzenden" nahmen sich von den „Besitzenden" was sie brauchten, und das ging in der Regel nur, wenn auch der Kopf abgeschnitten wurde – der Verteilungskampf unter den einzelnen Volksschichten war geradezu mörderisch, auch das Tier tötet das Tier, falls die eigenen Jungen verhungern – hinzu kamen ganz neue bisher unbekannte Krankheiten – Seuchen entstanden urplötzlich wie aus dem Nichts und rafften von uns nicht nur Millionen dahin, sondern Milliarden!

<u>Wir hatten es geschafft:</u>

**Die „Kleine Kugel"
war außer „Rand und Band"!**

Doch dann geschah etwas ganz Unerwartetes. Der allerletzte verbleibende Teil unseres Volkes schloss sich zusammen, bündelte alle Energie und alles Wissen mit nur einem Ziel:

**Auswandern nach ›Tora‹
in die Andromeda-Galaxie!**

Das war auch für uns die einzige letzte verbleibende Chance, denn gleich mehrere Eiszeiten kündigten sich mit rasanter Geschwindigkeit an.

So kam es, meine verehrten Zuhörer, dazu, dass die letzten von ihnen, der ursprünglich **25 Milliarden** Erdbewohner vor sich selbst und vor den nahenden Eiszeiten flüchteten!

Als die letzten des Volkes, sich in ihrer neuen Heimat auf dem Planeten ›Tora‹, den sie ›Erde IV‹ nannten, eingelebt hatten, waren sie bereit, aus ihrer eigenen Geschichte – dem Versagen ganzer Völker – zu lernen!

Nachdem sie **menschliches Denken** auf >Tora< überwunden hatten, wurden von ihren riesigen Rechenzentren und „Computergehirnen" Lebens- und Wirtschaftsmodelle entwickelt, die jeden einzelnen von ihnen als „gleiches Individuum" unter „Gleichen" berücksichtigten:

- Reich und Arm
- Hunger und Überfluss
- Siechtum/Krankheit und gekaufte Gesundheit der Reichen
- Herren und Sklaven

dies Alles gab es bei ihnen nicht mehr!

Mit Ausschalten des früheren „**ungezügelten Egoismus**" brach für sie alle eine neue Zeit an!

Das, verehrte Mitbürger, was ihr heute noch in den Handlungen der >Star Trek<-Filme auf >Erde I< seht, ist natürlich nur „fantastisches Gespinst" dort.

Wie die heutigen Menschen nun einmal gepolt sind, so stellen sie sich natürlich auch intergalaktisches Leben außerhalb ihres Sonnensystems vor.

Wenn ihre Filmraumschiffe ferne Welten erreichen, dann gibt es sofort wieder

- Neid
- Hass
- Unterdrückung
- Streben nach Macht bis hin zur Weltherrschaft

Alles einzuordnen unter dem Sammelbegriff:

„UNGEZÜGELTER EGOISMUS".

Wesen, auf die man bei intergalaktischen Reisen stößt, können ja nur böse, verschlagen, hinterhältig und herrschsüchtig sein!

Weil dies so in den archaischen Denkschemata der Menschen eingeprägt ist, müssen Begegnungen mit außerirdischen Leben auch stets zu Gewalttätigkeiten mit Stich-, Hieb-, Feuer- und Laserwaffen führen.

Die >Star Trek<-Filme< zeigen dieses Denken, das wie ein Gesetz auch die fiktiven Geschehnisse in den filmisch aufbereiteten Abenteuern im interstellaren Raum bestimmt.

Unmittelbar nach unserem furchtbaren Versagen auf >Erde I< und der anschließenden Besiedelung des Planeten >Tora< bewegten das Volk der >Toraner< nur noch zwei Fragen:

- **Ist jede „Intelligente Spezies", vergleichbar den Fähigkeiten der >Toraner<, dazu verdammt, sich selbst zu vernichten?**

- **Ist dies ein ungeschriebenes Gesetz, das für alle Zeiten Gültigkeit hat – oder ist das eigene Volk imstande, sich selbst zu retten, indem es aus seiner eigenen Geschichte lernt?**

Deshalb haben wir damals auf >Tora< das Folgende beschlossen:

<u>Wir wollen einen Großversuch durchführen.</u>

Wir möchten wissen, ob eine Rasse wie die unsere, die gleiche Entwicklung durchmacht, wenn sie Bedingungen vorfindet, wie auch wir sie damals auf der >Erde I< vorfanden.

Und nun staunt erneut, meine lieben Mitbürger:

So setzten wir vor 300.000 Jahren in Afrika auf dem menschenleeren Planeten >Erde I< tatsächlich zwei Wesen aus, die mit dem heutigen >Homo sapiens< genetisch weitgehend übereinstimmen – einen jungen Mann und eine junge Frau mit tiefschwarzer Hautfarbe! [3]

Sie waren im Unterschied zu anderen Lebensformen mit Intelligenz und einem Körperbau ausgestattet, der es ihnen im weitesten Sinne erlaubte, aufrecht zu gehen und primitive Werkzeuge für die Nahrungsbeschaffung herzustellen.

Damit ist auch das große Buch der Menschen, die Bibel, in Teilen bestätigt. Das, was sie in diesem Buch schreiben, ist also – bis auf die von ihnen **interpretierte Gottesherkunft und die Hautfarbe** – wahr:

Der >Adam< und die >schwarze Eva< sind tatsächlich der „Urvater" und die „Urmutter" der Menschheit!

Seitdem verfolgen viele Universitäten auf >Tora< wie aus einem schwarzen Menschenpaar, nennen wir es ruhig so, wie aus diesem Paar in nur 300.000 Jahren über 100 Milliarden Menschen wurden. Davon sind, wie bereits gesagt, 92 Milliarden bereits verstorben, verteilt auf Himmel und Hölle. Die übrigen acht Milliarden Menschen leben derzeit auf >Erde I<, der „Menschenerde" – mit weißer, gelber, brauner, roter und auch schwarzer Hautfarbe!

Die Zielsetzung, die sich die ›Toraner‹ für diesen Großversuch selbst vorgaben, lautete:

Herausfinden, ob sich die Spezies ›Mensch‹ genau so entwickelt wie die ›Toraner‹.

- **Wird die Spezies ›Mensch‹ möglicherweise aus der eigenen Geschichte lernen, so dass sich einmal begangene Fehler nicht wiederholen?**

- **Wird sie möglicherweise sogar schneller lernen als wir oder wird sie sich umgekehrt noch schneller als wir in den Abgrund einer selbstzerstörerischen Apokalypse des kleinen Erdballs manövrieren?**

Das sind Fragen, die für uns nicht nur von historischem Interesse sind, sondern die auch uns durch die möglichen Schlussfolgerungen vor Fehlentscheidungen in der Zukunft bewahren können. Auch wir sind nicht für alle Zeit gefeit, Fehler von weitreichender Bedeutung für unser weiteres Leben zu machen.

Da wir auf ›Erde II‹ ähnliche Bedingungen vorfanden wie auf ›Erde I‹ wurde der gleiche Großversuch auch dort durchgeführt. Die neuen Bewohner nannten wir ›Keraner‹.

Damit gab es zwei Großversuche mit zwei ähnlichen, Millionen Lichtjahre voneinander entfernten Planeten. Da beide Versuche zeitgleich begannen, boten sich immer wieder Vergleichsmöglichkeiten mit Hilfe von Kontrollen:

Zwei Pärchen mit pechschwarzer Haut waren aller Ausgang und erfüllten unser eigenes Volk mit einem geradezu unbändigen Interesse, was denn so aus den beiden hübschen Mädchen und den ansehnlichen Jünglingen werde – ein Zwischenergebnis sehen wir heute im Jahre 2025 gemäß der Zeitrechnung auf >Erde I<, der „Menschenerde".

Damit absolut sichergestellt war, dass die Langzeitversuche auf der „Menschenerde" und der >Keranererde< völlig eigenständig ohne jede Einflussnahme von außen durchgeführt werden konnten, ist in unserer Verfassung bereits in der Präambel festgelegt:

(…) **Die weitere Entwicklung der Menschen und auch der >Keraner< muss ohne jede Einflussnahme der >Toraner< stattfinden. Einmischen in die Belange der dortigen Völker ist von Seiten jedes >Toraners< ausgeschlossen und strengstens untersagt. Selbst bei Ereignissen wie Erfindungen, Großbauwerken (z.B. Pyramiden), Kriegen, Seuchen, Mordtaten, Terrorakten und anderen Grausamkeiten gibt es von Seiten der >Toraner< keinerlei Unterstützung.**

So sind auch viele Tausend >Toraner< an einem schönen Sonntag regelrecht erschrocken. Sie beobachten voller Bestürzung jenes kleine Mädchen in Thailand, weil sie das Unglück schon kommen sehen, aber nicht helfen dürfen.

Die kleine 4-jährige Su pflückt auf der Wiese vorm Haus gelbe Blumen, die sie der Mutter schenken möchte. Dabei kreuzt sie den Weg einer Cobra, die durch das Gras schlängelt. Die Schlange fühlt sich bedroht und beißt der kleinen Su in die linke Wange als sich diese nach einer besonders schönen Blume bückt.

Das zierliche Mädchen ist starr vor Schreck – bringt nicht einmal einen Schrei heraus. Das schon kranke Herz bleibt urplötzlich stehen und die kleine stirbt. Das Gift der Cobra war also nicht die eigentliche Ursache für den frühen Tod.

Tausende >Toraner<, davon viele Kinder sind betroffen:

Sie sind fähig, dem „Menschenkind" aus der Ferne zuzusehen – erleben jenes Drama praktisch hautnah mit – dürfen aber nicht helfend eingreifen, obwohl sie es könnten!

Die Hauptuniversität auf >Tora< begleitet beide Langzeitversuche wissenschaftlich, koordiniert alle gleich gearteten Anstrengungen weiterer Universitäten und gibt der Regierung und dem Volk auf >Tora< alljährlich ausführlich Rechenschaft.

Jeder Bewohner auf >Tora< ist über riesige Computer derart mit den anderen beiden Erden vernetzt, so dass jeder Erwachsene, aber auch jedes Kind, die dortigen Geschehnisse im Detail verfolgen kann – übergroße Plasmafernseh­schirme auf >Tora< gestatten die Beobachtung jeder noch so kleinen Handlung der Menschen und der >Keraner<.

Ihr, meine verehrten Zuhörer, fragt sicherlich, ob denn von den >Toranern<, nach unserem viele Millionen Jahre langen „Gastspiel" auf der „Menschenerde" gar nichts übriggeblieben ist.

In der Tat haben große und kleine Eiszeiten die Erdoberfläche derart verändert, dass es praktisch nichts gibt, was an uns erinnert.

Es sind nach uns neue Landmassen, Gebirge, Ozeane, ja ganze Kontinente an anderer Stelle entstanden. Und doch ließ vor einigen Jahren ein Fund auf der Menschenerde aufhorchen:

Eine kleine menschenähnliche Figur wurde in Bernstein eingeschlossen gefunden – datiert auf ein Alter von mehreren Millionen Jahren!

**Gab es nun doch schon „menschliche Wesen"
auf ›Erde I‹, Millionen Jahre alt? – war die
Frage der Wissenschaft.**

Natürlich gibt es das – die Antwort kann gegeben werden, meine lieben Mitbürger, nur es ist nicht das Abbild eines **„frühen Vorfahren"** der Menschen, wenn man die Entwicklungslinien ihres Stammbaums heranzieht, sondern eines der ›Toraner‹.

Aber, wenn man so will, ist die in Bernstein gefundene Figur damit auch gleichzeitig die Nachbildung eines frühen Vorfahren der Menschen, weil diese von den ›Toranern‹ als deren Abkömmlinge auf der „Menschenerde" angesiedelt wurden.

Es gibt ja auch bei den Menschen die Theorie, dass das organische Leben nicht von der Erde stamme, sondern aus dem Weltall **zugeflogen** sein könnte – egal, ob als Mikrobe oder in einer anderen Lebensform.

So müssen die >Toraner< natürlich ein wenig lächeln, wenn sie das eben Erläuterte hören. Es stimmt in diesem Falle natürlich beides:

- **die >Toraner< entwickelten sich aus den Stoffen ihres ehemaligen Heimatplaneten >Erde I<. Damit sind die Menschen heute indirekt als Nachkommen der >Toraner< ebenfalls ein Produkt der genannten Stoffe und der gleichen Erde**
- **der Mensch kam aber auch aus dem All zur Erde „geflogen" – und das in diesem Falle nicht in Form von Mikroben, sondern bereits „fertig" als >schwarzer Adam< und seinem Weib, der >schwarzen Eva<.**

So ist es, meine lieben Mitbürger, manchmal ist beides falsch, aber manchmal ist auch beides richtig«, lässt Petrus den Vortrag von Professor >IMMO< ausklingen.

Und nach einer kurzen Pause übernimmt Petrus wieder das Wort:

»Nun noch etwas Geduld, meine Lieben – nur noch einige kleine Erläuterungen zum besseren Verständnis hinsichtlich der Abhängigkeiten beider Spezies voneinander und einer besonders negativ hervorstechenden Eigenschaft der Menschen:

Die >Toraner< verstehen offenbar die Menschen nicht so ganz und auch die Menschen selbst scheinen sich nicht zu verstehen:

Der >schwarze Adam< und seine Partnerin die >schwarze Eva< kamen auf die Erde völlig rein – unbefleckt bar jeder Sünde.

Wie ist es also zu erklären, dass die Menschen innerhalb von nur 300.000 Jahren derart böse geworden sind, so dass heute im Jahre 2025 Mörder, Kriegsverbrecher, Bankräuber, Kinderschänder, Betrüger, Diebe usw. in sehr großer Zahl in allen 195 Ländern auf der „Menschenerde" zu finden sind?

Sogar noch 2022 ist etwas Furchtbares passiert. Nach unzähligen Kriegen der Menschheitsgeschichte greift der russische Präsident Vladimir Putin mit dem russischen Volk sein Nachbarland − die Ukraine an. Nach all den Jahren der Aufklärung spielt sich ein Staatslenker (Präsident) als imperialistischer Kriegsherr auf und überschüttet das eigene Brudervolk mit der Geißel des Krieges.

Die Antwort:

Es ist nicht so, wie am 23.07.2019 im deutschen Nachrichtensender n-dtv unter dem Titel ›Geschichte der Erde im Zeitalter des Menschen‹ [4] vermutet wird, dass sich **die großen Gehirne des Menschen (›Homo sapiens‹)«** innerhalb von etwa 300.000 Jahren bis 2019 auf Grund der Klimaveränderungen auf der Erde entwickelt haben könnten.

Es ist vielmehr so, dass die ›Toraner‹ den ersten beiden Menschen, dem ›schwarzen Adam‹ und der ›schwarzen Eva‹ vor 300.000 Jahren viel größere Gehirne gegeben haben, als die Gehirne, die zum gleichen Zeitpunkt bei allen bekannten Primaten einschließlich der Affen auf der „Menschenerde" zu finden waren.

Für die Größe der Gehirne vom ›schwarzem Adam‹ und der ›schwarzen Eva‹ beim Aussetzen in Afrika haben sie Gehirne ihrer eigenen Spezies als Vorlage genommen, wie sie sie nach einer Entwicklungsphase ihres eigenen Volkes damals auf der „Menschenerde" nach acht Millionen Jahren ihr Eigen nannten (etwa 57.000.000 v. Chr., nach Zeitrechnung der Menschen).

(Zur Erinnerung: Jener nahezu alles zerstörende Meteor fiel etwa 65 Millionen Jahre vor Chr. auf die ›Erde I‹).

Unter dieser Prämisse ist es überhaupt nicht zu erklären, weshalb die Menschen heute, 2025, derart BÖSE sind«, schließt Petrus zunächst seinen Vortrag.

Nach einigem Luftholen platzt es aus mir heraus:

»Das war aber eine interessante und sehr lehrreiche Geschichtsstunde. Vielen Dank, lieber Petrus!« – und auch meine neue „Himmelspartnerin" nickt zustimmend.

6 Der Himmel in der Andromeda-Galaxie − neue Heimat aller guten, bisher verstorbenen Menschen

Ganz unerwartet ertönt in unserem Rücken ein leises Glöckchen. Wir drehen uns um und sehen ein Gefährt, schwebend im Raum. Zehn Meter Durchmesser – völlig rund,

»wie damals die Rundboote (arabisch ›Guffa‹) im ›Zweistromland‹ des Euphrat und Tigres«, muss ich unwillkürlich denken. Im Innern, etwa in der Mitte links sitzen ein junger Thai und ein Mädchen mit zu Zöpfen gebundenen goldgelben Haaren. Stahlblaue Augen blicken freundlich zu uns herüber, und das Mädchen ruft mit heller Stimme:

»Kommt ihr beiden. Wir bringen euch zu eurem neuen zuhause.«

Und Petrus tätschelt mit einem liebevollen Klaps unsere Schultern.

»Das war wohl der Abschied«, denken wir und steigen ein.

Das Gefährt nimmt sogleich Fahrt auf – so schnell und so plötzlich, dass wir nicht einmal Zeit haben, Petrus zu winken.

„Wir heißen M 650 und M 443 – aber ihr könnt uns auch Bruni (für Brunhilde) und Piak nennen. Eure Namen kennen wir bereits durch Mitteilung von Petrus – ihr seid Helmar und Nük.

Der Flug scheint mit ziemlicher Geschwindigkeit stattzufinden – aber merkwürdig es gibt überhaupt keinen Fahrtwind. Wir sind tief versunken in bequemen Sitzen, während die anderen beiden auf gepolsterten Fahrerstühlen sich an einem kleinen Fahrtpult befinden, wie schon gesagt, angeordnet in der Mitte des Gefährts auf der linken Seite. Der Fahrstand erinnert an ein kleines Motorboot mit einigen Instrumenten. Doch erstaunlich:

Geschwindigkeit, Flughöhe und Flugrichtung wurden über einen Sprachmodus eingegeben.

Zunächst schemenhaft aber dann immer deutlicher tauchen unten Städte, Dörfer und abwechslungsreiche Landschaften auf. So haben wir nunmehr auch Bezugspunkte, die helfen, unsere Reisegeschwindigkeit einzuschätzen.

»Ganz schön schnell!«, entfährt es mir.

»Ja, aber wiederum auch nicht«, bestätigt das blonde Mädchen auf Englisch,

»genau 500 Kilometer pro Stunde. Das ist ein Zehntel unserer Höchstgeschwindigkeit aller unserer Taxis. Wir fliegen extra langsam, damit ihr beiden Neuankömmlinge viel seht. Und so haben wir auch Zeit, euch alles zu erklären, damit ihr eure neue Heimat kennenlernt und versteht.«

»Da, seht mal, eine Seenplatte mit zum Teil sehr großen Seen − und alles umsäumt mit langgezogenen Hügelketten und Wald soweit das Auge reicht«, äußere ich, unseren Steuerleuten am Fahrtpult zugewandt.

Plötzlich ändert sich die Landschaft. Weizenfelder, riesigen Ausmaßes − wohl in leichtem Wind wogende Ähren. Doch dann verändert sich das Bild schon wieder − und Bruni beginnt zu erklären:

»Erkennt ihr den großen Kreis und drumherum die sechs etwas kleineren Kreise? Wir nähern uns der Stadt >Kiew<, der gleichnamigen Hauptstadt des Landes auf eurer Erde, in dem ab Februar 2022 ein schmutziger und blutiger Krieg wütete. Die Menschen dort mussten sich des Angriffes ihres eigenen Brudervolkes erwehren – dem Nachbarvolk der Russen.

Hier bei uns ist das anders – alle leben friedlich miteinander. Verstorbene Ukrainer und Russen verstehen sich gut, wie eine große intakte Familie. Sind alle Experten für den Anbau von Getreide. Daran sieht man, dass insbesondere die aus der menschlichen Ukraine Stammenden, Wissen und Fähigkeiten aus ihrem ersten Leben mitgenommen haben und nach ihrer „Auferstehung" zweckmäßig zum Wohle aller erneut einsetzen.

Die gesamte Stadt >Kiew< ist rund, auch die Autostraßen sind kreisförmig angeordnet – fünf Schnellstraßen übereinander – und es gibt nicht eine Ampel – nicht eine einzige Kreuzung – und keine Person überquert eine Straße. Überdachte schnelle als Brücken konzipierte Rolltreppen sorgen für Sicherheit der Fußgänger. Angelegt an den kreisrunden Stadtstraßen sind die Wohnungen, Supermärkte, Schulen, Theater, Kinos, Kleinbetriebe und ein Gewirr unterschiedlicher Geschäfte. Die Wohnblöcke haben alle 150 Stockwerke. Dabei bedenkt, ihr Lieben, dass bei uns alles kleiner ist. Wohnungen, Autos, Bahnen, Möbel und Kleidung sind unserer Körpergröße angepasst. Kleine Körper benötigen auch weniger Essen und Trinken als die „Großen" von der Erde.

Zusammen mit den 15 Milliarden >Toranern<, einschließlich unserer 60 Milliarden Verstorbener himmelstauglichen Menschen (nur 20 Zentimeter groß), befinden sich (ohne 41 Milliarden verstorbener >Keraner<) immerhin 75 Milliarden Personen auf unserem neuen Heimatplaneten.

Einmal jährlich die Speisung aller 92 Milliarden „wiederauferstandener" Menschen durch Seelenwanderung, Computertechnik und außerirdischer Intelligenz. Der restliche jährliche Energiebedarf für uns 60 Milliarden „Guten" – aber **Kleinen** auf >Tora< – ist kein großes Problem.

Die verbleibenden 32 Milliarden „Bösen" (auch nur 20 Zentimeter groß), befinden sich auf mehreren Nachbarplaneten, die sie >**Hölle**< nennen. Sie arbeiten alle und ernähren sich überwiegend selbst.

In der Mitte der Stadt >Kiew< – im Centrum – befinden sich Stadtregierung, Parlament, Stadtkrankenhaus und weitere Behörden. Neben dem Stadtzentrum liegt der Hauptbahnhof von dem unterirdisch-kreisförmig U-Bahn und S-Bahn abgehen. Sternförmig zu den sechs außen liegenden Dörfern und dann weiter zu Vergnügungsparks, Schwimmbädern und Sportstätten, auch kreisförmig herum um die Stadt, führen vom Stadtaußenring abgehende Schnellstraßen und Schnellbahnen. Hinter den Sportstätten und Stadien liegen die Landschaftsgebiete der Landwirte aus den Dörfern. Die Landschaftsflächen werden durch ein Kanalsystem durchzogen, dass Schiffstransporte zu anderen Städten, aber auch zu den „Weltmeeren" zulässt. Zwei Flughäfen befinden sich außerhalb auf der Nord- und Südseite der Stadt.

Alles in allem stellen Neuankömmlinge von eurer Erde immer wieder erstaunt fest, dass Autos, Motorräder, Bahnen, Lufttaxis, Flugzeuge und

Helikopter praktisch keinen Lärm und keine Abgase verursachen.

Der Stadtplanung liegt zugrunde, dass alle unsere Städte fast genauso wie diese Stadt aufgebaut sind. Vorbild für alle von uns ehemaligen Menschen bewohnten Stadt- und Landgebiete ist Hamburg von der „Menschenerde" in Deutschland:

Fläche:	755	Quadratkilometer
Land:	92	Prozent (5% Parks)
Wasser:	8	Prozent
Stadtumfang (kreisförmig):	97	Kilometer
Stadtdurchmesser:	31	Kilometer
Einwohner:	1.800.000	Personen
Einwohner/km^2:	2.384	Personen

Da „unser Hamburg" auf >Tora< viel mehr Wohnraum liefert als Hamburg in Deutschland, kann >Hamburg< auf >Tora< auch viel mehr Menschen aufnehmen, angepasst unseren zierlichen Körpern – durchaus 5-6 Millionen Einwohner.

Nun, lieber Buchautor Helmar Neubacher dürfen wir dich hoffentlich positiv überraschen. Wir haben bereits 2019 mit großem Interesse dein Buch gelesen, mit dem Titel

>IDEALER FÜHRER oder ZWEISTROM-
SOZIALISMUS
– Rettungsanker für die Menschheit? < [5]

Auf Anraten der >Toraner< haben wir dein vorgestelltes Wirtschaftssystem – den

ZWEISTROM-SOZIALISMUS

und auch das

NEUE DEMOKRATISCHE REGIERUNGSSYSTEM,

entsprechend deinem vorgestellten Schema übernommen (Abb. 6). Wir benötigten ein Jahr für die Umstellung – sind aber nunmehr hoch zufrieden,

denn:

Trotz Aussonderung aller Bösen, sind die „Auferstandenen" im Himmel – Buddha würde sagen die „Wiedergeborenen" – in der Andromeda-Galaxie immer noch von der menschlichen Seuche

„UNGEZÜGELTER EGOISMUS"

befallen.

Wir 60 Milliarden „Kleinen" auf >Tora< haben ohne Wenn und Aber als neues Wirtschaftssystem den

ZWEISTROM-SOZIALISMUS

übernommen.

In vielen Millionen Firmen und Betrieben haben sich nunmehr Firmeneigner (Kapitalgeber/ Kapitalisten) und „Die Arbeiterschaft" an einen Tisch gesetzt. Sie treffen alle Entscheidungen – wirtschaftlich und personell – gemeinsam, auf völlig gleichberechtigter Basis. Die vormals sklaventreiberisch völlig rücksichtslos agierenden sogenannten „Arbeitgeber" geben 50 % ihrer Entscheidungsgewalt an die vorher sogenannten „Arbeitnehmer" ab. Am Jahresende wird der Gewinn „brüderlich" und gerecht 50 % zu 50 % geteilt.

Aus Kapitalisten werden SOZIALISTEN und aus Arbeitern werden kapitalistisch denkende UNTERNEHMER!

Der größte Zankapfel der Menschen auf ihrer Erde – der Kampf um die Verteilung der Gewinne – taucht hier in unserer neuen Heimat auf dem Planeten >Tora< gar nicht auf!

Also eine „dem Himmel" angepasste ideale Wirtschaftsform!

Beide Seiten stehen sich nicht mehr unversöhnlich gegenüber und brauchen voreinander keine Angst zu haben. Die kapitalistischen Arbeitgeber müssen hier nicht die blutige, alles hinwegfegende Revolution fürchten wie auf der Menschenerde, hervorgerufen durch ihre eigene Gier mit auf die Spitze getriebenem Robotereinsatz, verbunden mit rücksichtslosem Einsatz von Künstlicher Intelligenz (KI) – dem **Arbeits-Platz-Killer**!!

Die Arbeiterschaft muss sich nicht um die Existenz der eigenen Familien sorgen. Sicheres Einkommen ist der Garant für die Zukunft. Sogenannte „Arbeitgeber" haben nicht mehr die Macht, abhängige sogenannte „Arbeitnehmer" zu beschäftigen oder bei Bedarf zu entlassen – ganz nach Gutdünken!!! Kapitalgeber und Arbeiterschaft **ziehen an einem Strang** – zwar gewinnorientiert, aber ihrem Ego nach Wohlstand entsprechend auf völlig gerechter Basis. **Und der weitere große Vorteil dieses Wirtschaftssystems: Keiner der beiden Blöcke kann machen was er will!**

Die Arbeiterschaft wacht über die Ideen und Wunschvorstellungen der „Kapitalgeber". Und die „Kapitalisten" wachen darüber, dass die Arbeiterschaft niemals vergisst, dass sie nunmehr mit ihrer Rolle als gewinnmaximierender „kapitalistisch denkender Partner" nicht die Verantwortung für „Das Ganze" vergisst.

Die <u>Unternehmer mit ihrem Kapital</u> und die <u>Arbeiterschaft mit ihrer Arbeitskraft</u> in allen Firmen und Betrieben auf unserem neuen Heimatplaneten ›Tora‹ in der Andromeda-Galaxie haben nunmehr die Fürsorgepflicht, aber auch die Macht, sich gegenseitig zu

KONTROLLIEREN

− zum Wohle Aller.

Auch das vorgestellte Schema auf den Seiten 74/75 mit einem neu durchdachten

>Demokratischem Regierungssystem<

haben wir >Kleinen< auf >Tora< gerne übernommen:

Abb. 6: Schema – (Seite 74/75)

Regierungssystem der Deutschen Demokratisch-Sozialistischen Republik (DDSR) seit dem Jahre 1991 nach der Idee des Verfassers *„Echte Demokratie" bedingt „Echte Gewaltenteilung" des Staates, deshalb bereits hier im Schema deutlich getrennt:*

Farbe Blau* – *Gesetzgebende Gewalt/ *Parlament mit Volkskammer, Länderkammer, fünf Länderparlamente*

Farbe Rot* – *Ausführende Gewalt/ *Regierung 1/STAATSRAT mit Staatsrats-Präsident und Regierung 2/MINISTERRAT mit Ministerrats-Präsident und fünf Länderregierungen*

Farbe Gelb* – *Rechtssprechende Gewalt/ *Oberstes Verfassungsgericht auf Republikebene, Verfassungsgericht der fünf Länder und Richterkammer mit allen übrigen Richtern der Republik*

*Der **Volkspräsident** steht als völlig unabhängiges Staatsorgan und Beaufsichtigungs-Intuition über den drei Demokratischen Gewalten*

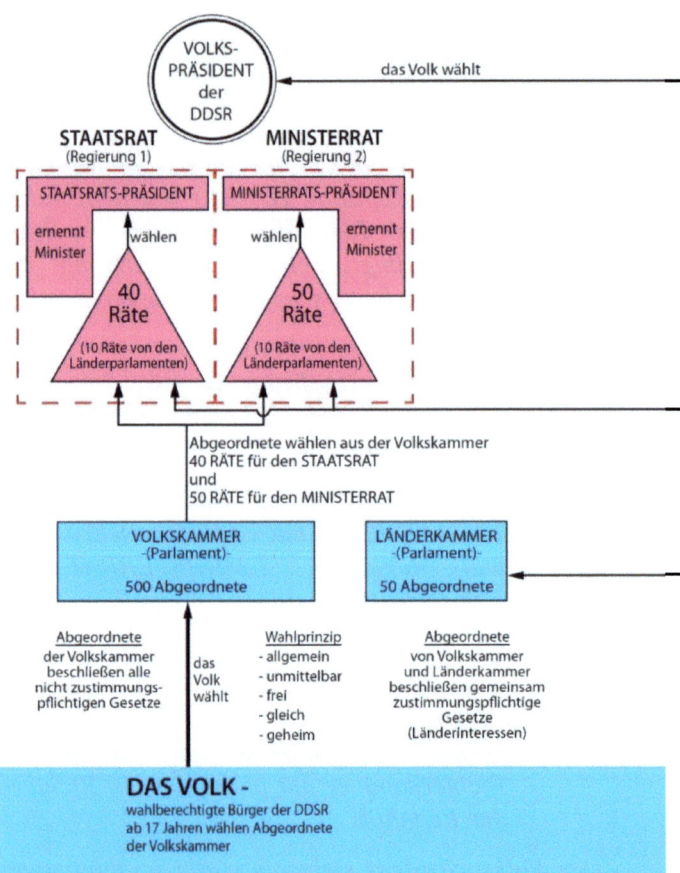

VOLKS-PRÄSIDENT der DDSR

das Volk wählt

STAATSRAT (Regierung 1)   **MINISTERRAT** (Regierung 2)

STAATSRATS-PRÄSIDENT   MINISTERRATS-PRÄSIDENT

ernennt Minister   wählen   wählen   ernennt Minister

40 Räte (10 Räte von den Länderparlamenten)   50 Räte (10 Räte von den Länderparlamenten)

Abgeordnete wählen aus der Volkskammer
40 RÄTE für den STAATSRAT
und
50 RÄTE für den MINISTERRAT

VOLKSKAMMER
-(Parlament)-

500 Abgeordnete

LÄNDERKAMMER
-(Parlament)-

50 Abgeordnete

Abgeordnete
der Volkskammer
beschließen alle
nicht zustimmungs-
pflichtigen Gesetze

das Volk wählt

Wahlprinzip
- allgemein
- unmittelbar
- frei
- gleich
- geheim

Abgeordnete
von Volkskammer
und Länderkammer
beschließen gemeinsam
zustimmungspflichtige
Gesetze
(Länderinteressen)

DAS VOLK -
wahlberechtigte Bürger der DDSR
ab 17 Jahren wählen Abgeordnete
der Volkskammer

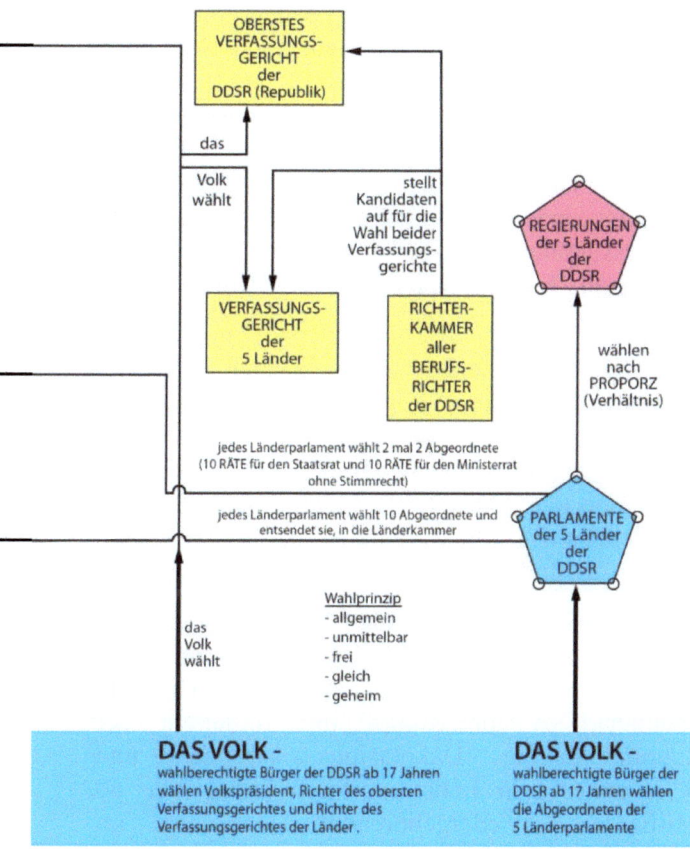

OBERSTES
VERFASSUNGS-
GERICHT
der
DDSR (Republik)

das

Volk
wählt

stellt
Kandidaten
auf für die
Wahl beider
Verfassungs-
gerichte

REGIERUNGEN
der 5 Länder
der
DDSR

VERFASSUNGS-
GERICHT
der
5 Länder

RICHTER-
KAMMER
aller
BERUFS-
RICHTER
der DDSR

wählen
nach
PROPORZ
(Verhältnis)

jedes Länderparlament wählt 2 mal 2 Abgeordnete
(10 RÄTE für den Staatsrat und 10 RÄTE für den Ministerrat
ohne Stimmrecht)

jedes Länderparlament wählt 10 Abgeordnete und
entsendet sie, in die Länderkammer

PARLAMENTE
der 5 Länder
der
DDSR

das
Volk
wählt

Wahlprinzip
- allgemein
- unmittelbar
- frei
- gleich
- geheim

DAS VOLK -
wahlberechtigte Bürger der DDSR ab 17 Jahren
wählen Volkspräsident, Richter des obersten
Verfassungsgerichtes und Richter des
Verfassungsgerichtes der Länder .

DAS VOLK -
wahlberechtigte Bürger der
DDSR ab 17 Jahren wählen
die Abgeordneten der
5 Länderparlamente

75

Dieses System ist für uns auf >Tora< hervorragend geeignet. Immerhin sind wir ein Sammelsurium aus 60 Milliarden Individuen – kommend aus 195 unterschiedlichen Ländern der „Menschenerde" – mit vielen verschiedenen Sprachen. Auch die Regierungsformen variieren sehr stark. So finden wir 2025 Kommunismus, Sozialismus, Demokratie aber auch präsidiale Systeme. Wir müssen auch berücksichtigen, dass auch alle übrigen verstorbenen Menschen der letzten 300.000 Jahre unter uns sind. So kommen auch viele von uns aus Führersystemen und Monarchien – regiert von Pharaonen, Fürsten, Kaisern oder selbsternannten „Führern".

So hatten Adam und Eva, die ja auch unter uns sind, überhaupt kein Regierungssystem, sondern nur sich selbst. Auch alle Verstorbenen aus Steinzeit, Jungsteinzeit, Bronzezeit und den Jahrhunderten danach weilen unter uns – möglicherweise damals geleitet von Häuptlingen, ähnlich den Indianern.

So habe ich erst kürzlich den US-Staaten-General George Amstrong Custer gesehen, der im Jahre 1876 in der Schlacht am Little Bighorn, Montana/USA im Kampf mit Indianern der Stämme >Lakota<, >Dakotasioux<, >Araphaho< und >Cheyenne< sein Leben verloren hatte. Alle 60 Milliarden „wiedergeborenen" Menschen im Himmel auf dem Planeten >Tora< – so unterschiedlich sie auch entsprechend ihrer Herkunft und ihrer Bildung (Wissen) sind – benötigen eine gerechte Regierungsform, **die**

jedem einzelnen ein möglichst glückliches Weiterleben in Freiheit garantiert.

Das Problem liegt aber im Spektrum der gewaltigen auseinanderdriftenden Bildungs- und Lebenserfahrungsunterschiede. So finden wir unter den im Himmel Wiedergeborenen **Adam und Eva mit ihren Steinzeitfreunden**, die noch nicht einmal das Feuer kennen, aber auch Superhirne wie **Thomas Jefferson** (1776 Unabhängigkeits-erklärung USA/Sklavenbefreiung), **Karl Marx** (1848 Kommunistisches Manifest), **Albert Einstein** (1905 Relativitätstheorie) und **Otto Hahn** (1938 Kernspaltung Uran).

300.000 Jahre

*Abb. 7: Aufstieg des Menschen – www.Planet-Wissen.de Bildausschnitt: **Figuren 3, 4, 5** (von links) **vom Autor hervorgehoben – ADAM (Figur 3) ⁻ ERSTER MENSCH (>Homo sapiens< = weiser Mensch) mit grauschwarzer Hautfarbe, Zeitstrahl Bild Mitte etwa 300.000 v. Chr. bis Figur 5 2025 n. Chr.***

Die vorgestellte Regierungsform kommt den vorangestellten Wünschen am nächsten. Sie ist geeignet, **alle** in den letzten 300.000 Jahren verstorbenen Menschen nach ihrer Aufnahme im Himmel auf dem Planeten >Tora< in der Andromeda-Galaxie unter ihrem

„Demokratischen Schirm" zu vereinen!

So, Helmar und Nük, meine lieben Neuankömmlinge – wir können wohl nunmehr unseren Stopp über >Kiew< beenden und weiterfliegen. Ich hoffe ihr hattet in 3000 Metern über der Stadt eine gute Aussicht. In einer Stunde sind wir in >Hamburg. Dort gibt es sogar den River >Elbe<, die >Alster< und den Hafen. In „unserem" >Hamburg< leben sehr viele Pärchen mit deutsch-thailändischen Wurzeln – und gemeinsamen Kindern, die man auch dort genauso wie im fernen Thailand „Lug-krüng" (Kind Halb) nennt. Ihr werdet vieles von eurem alten Zuhause hier wiedererkennen«, beendet Bruni ihren Vortrag in schwindelnden Höhen.

Nük und ich sind zunächst einmal sprachlos ob der immens vielen auf uns einprasselnden Informationen und neuer, häufig plötzlich von uns Besitz ergreifender Eindrücke.

Nachdem unser Lufttaxi wieder Fahrt aufgenommen hat, bringe ich nach einigen Minuten, allerdings etwas stotternd hervor:

»Vielen Dank, Bruni und Piak. Soviel Wissen in so kurzer Zeit, dass wir das schadlos überstanden haben ist schon ein Wunder. Jetzt möchten wir nur noch die herrliche Fahrt genießen – freuen uns riesig auf Hamburg und unsere Verwandten!«

War der Himmel (Atmosphäre) über uns bisher strahlend blau mit Sonnenschein – so beginnen nun die drei riesigen Sonnen im Westen über >Tora< in der aufkommenden Dämmerung gerade glutrot unterzugehen (Zwei der ursprünglich fünf Sonnen sind bereits gänzlich erloschen!).

»Welch ein Tag«, flüstere ich, Nük zugewandt,

»unglaublich, was uns beiden da widerfährt – eine nicht endende Geschichte – ausreichend für ein ganzes Leben!«

Und Nük blickt mir mit einem vielsagenden Lächeln in die Augen und nickt zustimmend. Ihr bisher ungläubiger Gesichtsausdruck verändert sich aber plötzlich, als suche sie für all das Neue nach verständlichen Erklärungen – und vergleichbar einem kleinen hilfesuchendem Vogel ergreift sie schutzsuchend meine Hände.

7 Die Hölle – Heimat des „Bösen"

Was ist mit den 32 Milliarden „Bösen", die nicht unter uns weilen? Wo befinden sie sich?

Die Antwort kann ich geben – allerdings zwei Monate später, nach Ankunft in der neuen Heimat.

Allen, innerhalb der letzten 300.000 Jahre Verstorbenen Menschen, die zu den „Bösen" gehören, wurde der Zutritt zum Himmel verwehrt. Es sind all jene, deren Schlechtes Karma die geforderten 51 % auf der **„Skala des Lebens"** bezüglich ihres Daseins auf >Erde I< („Menschenerde") übersteigt. Terroristen, Mörder,

Vergewaltiger, Kriegsverbrecher, Bankräuber, Bandenkriminelle, Waffenhändler etc. sind hier nicht willkommen.

Anhand einer riesigen Liste der >Toraner< werden alle Missetaten der Bewohner auf der „Menschenerde" zusammengezählt – auch die nur in Gedanken durchgeführten. Erreicht jemand, wie bereits gesagt, die Stufe 51 auf jener Skala, wandert seine Seele zunächst nach >Tora< und dann als neues Individuum mit 20 Zentimeter Körpergröße direkt in die Hölle.

Das sind kleinere Planeten innerhalb der Andromeda-Galaxie. Die Bewohner sind einem strengen Arbeitsprogramm unterzogen. Sie müssen zwar in der Regel selbst nicht körperlich schuften, was ja auch allein wegen ihres Zwergenwuchses mit nur 20 Zentimetern nicht viel bringen würde. Sie beaufsichtigen aber Roboter aller Größen bei unendlich vielen Einsätzen. Da die für die Hölle ausgewählten Planeten unterschiedliche Wetterlagen haben, kann man durchaus von Hölle ähnlichen Lebensbedingungen sprechen:

Starkregen, Schnee, bittere Kälte, Stürme, Überschwemmungen, Tsunamis, Wüsten mit unerträglicher Hitze – alles gibt es. Selbst die Anziehungskräfte der Planeten, wie auch manchmal die Atmosphärenbedingungen sind menschlichen Organismen gar nicht hold.

Alles in allem trifft die Bezeichnung >Hölle<, so wie es sich die Menschen auf ihrer fernen Erde vorstellen, durchaus zu. Es fehlt nur noch der Teufel – alleiniger Chef der Hölle. Doch der Teufel ist hier nicht die abstrakte, mit zwei Hörnern versehene, alles Böse verkörpernde Unterweltperson. Der Teufel sind die dortigen Bewohner selbst – denn sie alle haben den Teufel in sich. Sie selbst sind der Teufel, denn sie haben ihren schlechten Charakter nicht abgelegt. Diese Gruppe, der von der Menschenerde kommenden neuen Bewohner hat weiterhin das starke Bedürfnis zu Mord, Todschlag und Diebstahl. Es macht ihnen große Freude, den anderen, ja sogar den Nächsten zu übervorteilen, zu unterdrücken und, wenn möglich, zu versklaven.

„Das Böse" läuft unaufhaltsam ab, als habe man alles bereits zuvor in einer Tagesordnung festgelegt

... also gibt es nach dem Tod nicht
„Die Hölle auf Erden",
(ein Spruch, von der Menschenerde)
sondern
„Die Hölle" auf Planeten der ›Toraner‹
in der Andromeda-Galaxie!

32 Milliarden, zwergenhafte menschliche Wesen, sind unter geradezu „unmenschlichen" Bedingungen auf der Jagd nach Unmengen von Bodenschätzen, seltenen Erden und heilenden Wassern …und all diese Mühsal für ein fremdes Volk (›Toraner‹), mit der unerbittlichen Auflage (BEFEHL):

<u>Alles ist abzuliefern –</u>
<u>bis auf das letzte Gramm!!!</u>

8 Ausnahme-Menschen – Hitler, Stalin, Mussolini

Auch Adolf Hitler und Joseph Stalin schlugen an ihrem Todestag automatisch den Weg in Richtung Höllen-Planeten ein. Beide waren aber sehr überrascht, als man ihnen bedeutete, dass der Wegweiser >Hölle< nicht richtungsweisend auch für sie galt wie für alle anderen Bösen. Sie wurden umgeleitet und fanden sich alsbald auf dem Planeten C 87 in der Andromeda-Galaxie wieder.

Hitler nahm diesen Weg bereits am 30. April 1945. Mit ihm besiedelten dann auch später all seine Treuen – Hess, Göring, Goebbels, Bormann, Himmler und sämtliche Mitglieder seiner ihm absolut ergebenen schwarz gekleideten SS (Schutzstaffel) sowie 25 % der SA (Sturm-abteilung) den Planeten. Hinzu kamen alle seine Soldaten aus der Wehrmacht, Marine, Luftwaffe und Sondereinheiten (Polizei, Personal Konzentrationslager etc.), die Kriegsverbrechen begangen hatten. Auch Albert Speer stieß an seinem Todestag, dem 01. September 1981 zu ihnen. Beim Kriegsverbrecher Prozess in Nürnberg 1945 bis 1949 konnte er seinen Hals durch Lügen und Beschönigungen noch aus der Schlinge ziehen. Bei der Beurteilung seiner Taten – besonders als Rüstungsminister ab 1942 – wurde ihm aber seine Beurteilung auf der „Skala des Lebens" mit der Lebensmesszahl 95,4 zum Verhängnis. Speer war unter anderem verantwortlich für tausendfachen Tod (Mord) von kranken, ausgemergelten, kraftlosen KZ-Häftlingen bei der Produktion von

Kriegsmaterial, Waffen und Raketen, was als bewusste Handlung durch Essens- und Flüssigkeitsentzug bei Schwerstarbeit Mord gleichkommt.

Hitler war zunächst sehr zufrieden, als er realisierte, dass er unter seinesgleichen war – und das gleich millionenfach.

Doch er prodozierte alsbald auch seinen ersten Wutausbruch:

Der ehemalige „Führer" des Deutschen Reiches war geradezu erschrocken und erbost darüber, dass seine Lebensgefährtin Eva Braun nicht unter seinem neuen Hofstaat zu finden war. Auch als man ihm erklärte, dass seine noch im letzten Moment angeheiratete Ehefrau im Himmel weile, drohte er vor Wut zu platzen. Alles half nichts – auch als man ihm bedeutete, dass „seine Eva" zwar von seinen eigenen Verbrechen wusste, aber machtlos war, irgendetwas zu ändern. Ihr Aufenthaltsort nach ihrem Tode ist der Himmel – ihre, von den ›Toranern‹ ermittelte „Lebensmesszahl" von 39,9, lässt wie ein Gesetz, nichts anderes zu.

Hitlers Laune verbesserte sich aber schlagartig, als man ihm Panzer, Kampfflugzeuge, Kriegsschiffe und Unmengen Munition überließ. Besonders erfreut zeigte er sich über Pistolen, Langwaffen und Maschinengewehre aus seiner Zeit. Geradezu glücklich war er, als man ihm sein eisernes Kreuz aus seiner Dienstzeit als Gefreiter während des 1. Weltkrieges zurückgab. Besonders erstaunt zeigte er sich, als er auch Ehrendolche aller Kriegsgattungen erhielt.

Damit verflog auch sein Kummer über das Nichterscheinen von Eva Braun.

»Werde schon wieder ein kleines junges Ding finden. Das biege ich mir dann mit eiserner Hand hin – ganz so wie ich es möchte. Denke da schon an etwas Ähnliches wie meine Eva – ein blondes Dummchen ohne Willen! Allerdings muss ich aufpassen, dass ich nicht nochmals wie 1930 meinen Gefühlen nachgebe und einem Frauenzimmer verfalle, wie meiner damals geliebten kindlichen Nichte Geli.

Zu klug! – besserwisserisch! – ehrgeizig! – vorlaut!

…alles Eigenschaften, die ich nicht benötige!

Also, mein lieber Adi, einen begangenen Fehler machst du nicht ein zweites Mal – lenke dich ab und sichte lieber das vorhandene Kriegsgerät«, beendet Hitler seinen gedanklichen Ausflug – auch zu jenen beiden Frauen, die ihm während seines menschlich-irdischen Daseins am Nächsten standen.

Dann ist es so weit – am 05. März 1953 stirbt Stalin und kommt mit seinem gesamten Tross – ein Millionenfacher Massenmörder, umgeben von weiteren Mördern, Kriegsverbrechern und Unmengen Kriegsmaterial.

Doch zunächst feiern Hitler und Stalin ihre „Wiedergeburt". Man schließt einen Nichtangriffspakt – Stalin begießt das Abkommen mit Wodka und Hitler trinkt zu diesem Anlass Pfefferminztee. Auch Hitlers Außenminister Ribbentrop ist zugegen. Michailowitsch Molotow,

Außenminister Stalins stößt erst später, am 08. November 1986, seinem Todestag, dazu.

Hitler hat zwischenzeitlich wieder seine Regierungsmannschaft und die Generalität beisammen. Doch auch andere wollen bei der Verteilung der Macht mitberücksichtigt werden. Päpste, die Massenmorde durch Hexenverbrennung zuließen, Fürsten, Könige und Kaiser – sie alle möchten mitmischen. Gerade macht Hitler den beiden Großen – dem deutschen Kaiser Karl und König Alexander von Mazedonien klar, dass die heutigen Waffen nicht zu vergleichen sind mit Waffen der Antike und des Mittelalters.

Karl der Große befindet sich in der Hölle, weil er nur wegen der Frage des Glaubens im Jahre 782 n. Chr. über 4.500 Sachsen an der Aller hat förmlich abschlachten lassen.

Alexander der Große ist zum Vorwurf gemacht worden, dass er u. a. mit seiner Streitmacht mordend in Indien eingefallen ist.

Hitler unterdrückt alle Machtansprüche und macht jedem Anwärter mit Machtgelüsten klar, dass er, Adolf Hitler, der alleinige „Führer" auf dem Planeten C 87 sei.

Und so kommt es wie es kommen muss: Dabei ist es nicht einmal nötig, Nostradamus (Wahrsager und Gelehrter im Mittelalter) oder Hitlers Hellseher Erik Jan Hanussen (Unterstützer der Nazis bis zur Machtergreifung 1933) zu bemühen:

Am 22. Juni 1955 knallt es an allen Fronten!

Der gesamte Planet C 87 wird mit Krieg überzogen. Stalin hat nicht vergessen, dass Hitlers Wehrmacht am gleichen Tage 1941 mit 3.000.000 Soldaten unter dem Decknamen >Unternehmen Barbarossa< Russland überfallen hat – trotz Nichtangriffspakt!!!

**Stalin rächt sich umgehend
und greift Hitlers Neues Reich
auf dem Planeten C 87 ohne jede Vorwarnung
an!!!**

<u>Merkwürdig:</u>

Dabei spielt die zwergenhafte Größe von nur 20 Zentimetern jeder Person überhaupt keine Rolle.

»Die zerfleischen sich auch, wenn wir sie zu Ameisen machen – das „Böse", gepaart mit Kriegslust, Zerstörungswut und Todesahnung liegt ihnen im Blut«, hat einmal der bekannte >Toraner<, Prof Immo, niedergeschrieben.

Doch plötzlich herrscht Ruhe. Hitler und Stalin haben nach fast 70 Jahren zermürbendem Krieg am 15. April 2023 ganz plötzlich Waffenruhe vereinbart. Obwohl der Planet C 87 von Nord nach Süd und von Ost nach West aussieht, als habe auf seiner Oberfläche eine riesige Herde Wildschweine gewütet – hat niemand damit gerechnet, dass plötzlich, wie über Nacht, in die Kampfhandlungen Ruhe einkehren könnte. Selbst die Generalität auf beiden Seiten wurde von dem Stillhaltebefehl beider Kriegsherren völlig überrascht. Alle am Krieg Beteiligten rätseln und die Gerüchteküche brodelt.

Derweil sitzen Hitler und Stalin in einer orthodoxen Kirche wie zwei Schuljungen nebeneinander auf einer der über hundert Kirchenbänken. Beide Akteure, selbst nur von kleiner Statur mit ihren 20 Zentimetern Körpergröße, kommen sich zunächst sogar ein wenig wie verloren vor. Das riesige hochaufragende Kirchenschiff, beleuchtet von tausenden Kerzen, die sich in den übergroßen vielfarbigen Fenstern widerspiegeln, wirkt auf die beiden Akteure erdrückend. Vom Altar schaut Jesus herab auf die beiden größten Mörder der Menschheitsgeschichte – Wirklichkeit oder Panoptikum, würde sich jeder Betrachter fragen?

Und Hitler ist es, der sich aus der augenblicklichen Beklemmung als erster löst. Es ist gar nicht seine Art, dass ihn, in seinen Worten Gefühlsduseleien, beeinflussen.

Während draußen 1.000 schwarze SS-Männer und 1.000 russische Elitesoldaten die Kirche, verstärkt durch Panzerspähwagen, umstellt haben beginnt Hitler zu sprechen:

»Mein lieber Herr Stalin, vielen Dank, dass Sie meiner Einladung zu diesem Geheimtreffen ohne zu zögern gefolgt sind«, und beide prosten sich freundschaftlich zu – Stalin mit einem Wodkaflachmann, Hitler mit einem Mineralwasser.

»Ich habe schon was läuten gehört und kann mir bereits vorstellen, worum es geht«, so Stalin nach drei Schlucken starken Wodkas und Abwischen mit der Hand einiger zurückgebliebener Tröpfchen an seinem vollen Schnurrbart.

»So kann ich ja auch sogleich zur Sache kommen. Wie Sie, Herr Stalin, ja am eigenen Leibe im Laufe unseres Krieges erfahren haben, ist unsere Spionageabwehr von Jahr zu Jahr besser geworden. Wir haben an der Spitze wieder einen absolut fähigen Kopf, vergleichbar unserem damaligen Abwehrchef Wilhelm Canaris. Wie Sie wissen, warnte mich Canaris bereits 1938 vor einem Angriffskrieg gegen Ihre Sowjetunion. Mein Abwehrchef hatte mich auf Euer riesiges Waffen- und Menschenmaterial im Hinterland Russlands aufmerksam gemacht, was ich dummerweise leugnete. Ich dankte ihm für die Erkenntnis einer für ihn sichtbaren Bedrohung Deutschlands, indem ich ihn Jahre später einfach aufhängen ließ. Canaris war damals nicht meiner Meinung und äußerte das auch leider ganz offen gegenüber meiner Generalität«, und Hitler nach kurzem Luftholen weiter:

»Mein neuer Abwehrchef ist heute genauso gut wie Canaris damals. Ihm ist es gelungen, mich auf eine Gefahr hinzuweisen, die uns beide bedroht – Sie, Herr Stalin, genauso wie auch mich den „Führer".«

Und beide nehmen wieder einen tiefen Schluck – Stalin aus dem Wodkaflachmann, Hitler aus der kleinen Mineralwasserflasche.

»Einem unserer Abwehrmänner ist es gelungen, sich mit einem ›Toranermädchen‹ anzufreunden. Das Mädchen ist noch sehr jung und behandelt unseren Mann wie eine Puppe – immerhin ist sie mit ihren 95 Zentimetern Körpergröße fast fünf Mal so groß wie ihr kleiner „menschlicher" Freund. Ganz offenbar sucht sie ein Lebewesen zum Spielen. Mit Vorliebe setzt sie unseren Geheimmann auf ihren Schoß und krault genüsslich dessen pechschwarzen Vollbart. Diese Freude am besagten Spiel mit den Barthaaren mag natürlich daherkommen, dass alle >Toraner< völlig haarlos sind – kein einziges Härchen am ganzen Körper. Der Vater des Mädchens gehört zu einer Aufsichtsgruppe, die regelmäßig auf dem Planeten C 87 Kontrollreisen unternimmt. Nachdem hier die von uns beiden verfügte Waffenruhe herrscht, durften das Mädchen und die Mutter dieses Mal mitreisen.

Und wie Sie wissen, Herr Stalin, erreicht uns „Verstorbene" – weder Gut noch Böse – nicht die allerkleinste Information von unserer „Menschenerde". Wir wissen zu keinem Zeitpunkt, was dort los ist. Für die >Toraner< ist das aber anders – Ihr COMPUTER, aber auch jedes Kind ist imstande, jeden lebenden Menschen, jedes Tier aber auch jede Pflanze zu jeder Tag- und Nachtzeit zu beobachten.

So haben wir aber doch, trotz aller Widrigkeiten, über jenes >Toranermädchen< erfahren, dass möglicherweise schon bald der russische Präsident Vladimir Putin zu uns kommt – krank, aber vom Ehrgeiz zerfressen!«

Und Hitler beobachtet genüsslich, wie seine Information Josef Stalin trifft. Dabei stoppt er abrupt seinen Redefluss, um das Gesagte wirken zu lassen.

Stalin greift zum Flachmann – ein kleiner Schluck, dann der Aufschrei – und Stalin ist ganz außer sich:

»Das ist ja ein dolles Ding – auch ich habe schon über meinen Geheimdienst von diesem Kerl gehört – der fehlt uns gerade noch!«, und Stalin ist ganz außer Atem – ihm kommt nicht einmal der Gedanke, erneut zum Wodka zu greifen.

»Ja, mein lieber Herr Stalin«, ergreift Hitler wieder das Wort,

»die Angelegenheit ist ernst und für uns beide außerordentlich gefährlich. Auch, wenn die ›Toraner‹ hier auf unserem Planeten keine Atombomben zulassen, ist Putin zu Allem fähig. Man muss damit rechnen, dass er an Pläne kommt, diese Bombe nachzubauen.«

»Auch wir waren nicht untätig, mein lieber Adolf. Nachdem euer Agent jenes redselige ›Toranermädchen‹ befragt hatte, machten auch wir uns an das mitteilungsbedürftige „Ding" ran. Doch alles was wir erfuhren war, das Putin jetzt in einem Bruderkrieg Streubomben einsetzen will. Doch seine Idee von Streubomben ist gar nicht schlecht – das können wir auch! Wir werfen bei Bedarf viele kleine Bomben ab und mischen ein bisschen von ›Hiroschima‹ und ›Nagasaki‹ dazu! Das sind die beiden Atombomben, die die Amerikaner 1946 auf Japan warfen und damit den 2. Weltkrieg beendeten. Sie, mein lieber Adolf, haben das ja gar nicht mehr miterlebt.

Das mit den Atombomben können wir auch, immerhin verfügten auch wir Russen bereits vor meinem Tode 1953 über die Fähigkeit, wie die Amerikaner, die Kernspaltung von Uran als Waffe einzusetzen.‟

Für Hitler war es gar nicht einfach so lange zuzuhören. Nun bricht es förmlich aus ihm heraus:

»Ausgezeichnete Idee, Herr Stalin, das machen wir so. Vielleicht haben wir noch einige Jahre Zeit, uns auf Herrn Putin vorzubereiten!«

»Möge der Herrgott uns das geben«, murmelt Stalin, Jesus zugewandt − und betrachtet gedankenverloren seine gefalteten Hände.

Ganz anders verhält es sich mit dem italienischen Diktator Mussolini. Auch er ist ein Massenmörder! Allein der Befehl an seine Armee zum Angriff auf Griechenland am 28. Oktober 1940 zieht nach seinem Tode am 28. April 1945 als Konsequenz dafür, den Aufenthalt in der Hölle nach sich. Auch sein eigenes Volk strafte ihn schon zu Lebzeiten − denn es tötete ihn und hing ihn dann kopfüber wie ein Schwein auf. Seine Geliebte Clara Petacci (genannt Clareta) leistete ihm dabei, auch mit dem Kopf nach unten hängend, Gesellschaft.

Mussolini kam nach seinem Tode auf den Höllenplaneten B 125. Dort litt er sehr, denn es schneite täglich und nachts war es bitter kalt − gar nichts für einen Sonne verwöhnten Italiener.

Doch schwerer Arbeit, Kälte und Schnee stemmte er sich entgegen. Aber er wurde zum Sonderling und Eigenbrötler − und niemand aus seinem Bekanntenkreis wollte etwas mit ihm zu tun haben − denn während seiner kargen Freizeit las er ein tiefsinniges Buch nach dem anderen. Und besonders aus dem Rahmen viel er, wenn er jeden Abend – Tag für Tag – Monat für Monat – Jahr für Jahr vor dem Einschlafen betete, und zwar laut und deutlich hörbar für jedermann:

»Lieber Gott, höre mich bitte an – ich weiß, ich bin ein Sünder. Wegen meiner vielen schlechten Taten bin ich völlig zu Recht in der Hölle. Ich bin mir jeder einzelnen Verfehlung bewusst. Es hat aber wirklich keinen Zweck, dass ich sie alle nacheinander aufzähle.

Mir ist auch bewusst, dass ich nichts von dem, was ich angerichtet habe, jemals wieder gutmachen kann. Auch vermag ich es nicht, Menschen, für deren Tod ich verantwortlich bin, das menschliche Leben auf ihrer Erde zurückzugeben. Ich kann zwar eine Fliege mit einem Schlag meiner Hand töten – aber ich kann machen was ich will – niemals wird es mir möglich sein, ihr das Leben wiederzugeben. Mir ist bewusst, dass ich keine Achtung vor dem Tod hatte aber auch keinerlei Achtung vor dem Leben.

Das ist jetzt anders – ich werde keiner Fliege mehr etwas zuleide tun. Dem Leben jedes Wesens werde ich mit allergrößter Achtung begegnen, aber besonders dem neuen Leben meiner verstorbenen Mitmenschen.

So bringt es auch keinerlei Nutzen, wenn ich mich für meine schlechten Taten entschuldige. Es wird hier bei uns so ein Beispiel dafür von den ›Toranern‹ zur Verfügung gestellt – praktisch als Anschauungsmaterial.

Wörtlich:

»Es hat mal eine unangenehme Meinungsverschiedenheit zwischen dem deutschen Altkanzler Helmut Kohl und dem SPD-Politiker Wolfgang Thierse gegeben.

Dabei hat Thierse eine umstrittene Äußerung über Altkanzler Kohl und dessen toter Ehefrau gemacht. Die Wellen der Entrüstung schlugen hoch.

Thierse wies jede Absicht von sich, Kohl und seine tote Ehefrau beleidigt zu haben.

Trotzdem entschuldigte er sich bei dem ehemaligen Deutschen Bundeskanzler. Dieser nahm die Entschuldigung an und die Angelegenheit war damit erledigt.«

Lieber Gott, mir ist klar, dass eine Entschuldigung, wie bei den zuvor genannten Politikern, bei mir auf keinen Fall ausreichend ist.

Deshalb gehe ich, lieber Gott, weiter. Mir tun alle meine Verfehlungen (böse Taten) unendlich leid. Ich schäme mich dafür und würde alles so gerne ungeschehen machen – **ich bereue alles aus tiefstem Herzen.** Ich verspreche, zukünftig niemals wieder etwas Schlechtes zu tun. Beim Anflug schlechter Gedanken werde ich diese mit allen Mitteln bekämpfen und verscheuchen. Ich bin in allem einsichtig und möchte all meine Kraft dafür einsetzen, dass ich mich bessere.«

Und in der „Sache Mussolini" muss wohl ein Wunder geschehen sein – oder hat der „wahre Gott" – der Riesencomputer auf dem Planeten ›Tora‹, den reumütigen Sünder Mussolini erhört?

Und durch Drehen von Schräubchen durch zwei außerirdische Wesen in eine neue Lebenslage versetzt?

Tatsache ist, dass man Mussolini kürzlich im Himmel gesehen hat. Er soll sich mit Johann Wolfgang von Goethe angefreundet haben:

Beide schreiben Gedichte, Fabeln und Märchen!

Und:

Mussolini lernt Harfe beim Musikprofessor,
Goethe lernt Geige bei seiner Freundin.

9   Planet >Tora< − Heimat der >Toraner<

So, wie es der „Menschengott" nicht vermag, den Menschen zu helfen, so hilft ebenfalls der Gott der >Toraner< nicht − wenn man so will, weil er „abgeschaltet" und derzeit dazu auch nicht bereit ist.

Sobald aber unsere Großversuche auf >Erde I< und >Erde II<beendet werden, sind wir in der Lage, mit der Macht unseres **„Gottes" (Supercomputer)**, den lebenden Menschen und >Keranern< auf ihren Planeten in allen Belangen unter die Arme zu greifen.

Das ist aber erst möglich, sobald wir <u>absolut sicher</u> sind, dass sich die Menschheit nicht selbst vernichtet!

Dann ist es von unserer Regierung beabsichtigt und gestattet, nicht nur ganze Völker, sondern auch jedes einzelne Individuum bei der Bewältigung anfallender Probleme zu unterstützen.

Das ist der Zeitpunkt – ja, der Moment – wo sich die Situation grundlegend ändert.

Ab diesem historischen Datum werden die Hilfeschreie der Menschen erhört und verhallen nicht mehr, wie Jahrtausende lang zuvor, ungehört im Universum. Dann wird das Abendgebet des Kindes um gute Schulnoten genauso registriert, wie die Bitte des Mannes oder jener Frau um Verleihung von Charakterstärke, eine bereits geplante böse Tat **nicht** auszuführen.

Insbesondere können wir dann beispielsweise den Menschen, in praktisch allen Belangen zur Seite stehen, durch Bereitstellung:

… unseres in Jahrmillionen angehäuften Technikwissens

… unseres praktizierten, rücksichtsvollen freundlichen Umgangs untereinander

… unseres Erfahrungsschatzes, hinsichtlich Schutzes von Planeten unter der Erde und über der Erde

… aber auch des würdevollen Umganges mit der Tier- und Pflanzenwelt.

Wir >Toraner< fühlen uns in großem Maße verantwortlich für die Menschen, da wir sie geschaffen haben. Deshalb ist es für uns selbstverständlich, dass wir sie, wie schon heute im

Himmel, als „Wiedergeborene" begrüßt, ihnen auch irgendwann in der Zukunft auf ihrer „Menschenerde" mit Rat und Tat zur Verfügung stehen.

Auch Kriege, mit denen sie Jahrtausende lang ihren Planeten verwüsteten und die Bewohner in Angst und Schrecken versetzten, gehören dann mit unserer Hilfe der Vergangenheit an.

Das größte Problem auf der Menschenerde besteht natürlich weiterhin darin, wie schon gesagt, dass alle Menschen mehr oder weniger vom EGOISMUS zerfressen sind. Es wird in Zukunft darauf ankommen, dass die mit großen Schritten, vergleichbar einer alles zerstörende Eiszeit, auf die Menschen zukommende **Weltrevolution** abgewendet wird. Die bisher abhängige und nicht freie Arbeiterschaft wird sich wehren, wenn die sogenannten „Arbeitgeber" mit ihrem Kapital den Milliarden abhängigen „Arbeitnehmern" mit ihren Familien durch Roboter und Computertechnik (KI) den Boden unter den Füßen wegziehen:

… keine Arbeit bedeutet kein Einkommen!

… und zieht damit ein unwürdiges Leben in Armut und Schmutz für den Großteil der Bevölkerung auf ihrer Erde nach sich …!!!

Wir wissen, dass bisher alle Revolutionen von den unzufriedenen Arbeitern ausgingen, aber niemals für sie zu einem positiven Ergebnis führten. Bestes Beispiel ist die Russische Revolution ab 1917. Millionen Tote mit weiterhin Millionen entrechteten Arbeitern (Bauern), aber mit der Pressung des riesigen Russischen Volkes unter die

96

„Mörderknute" des neu an die Macht gekommenen sogenannten Kommunistischen „Arbeiterführers" Josef Stalin und seiner Vasallen.

Die Lehre aus dem zuvor Gesagten kann deshalb nur lauten:

Die von den „Kapitalistischen Arbeitgebern" durch Unverständnis, Rücksichtslosigkeit und **GIER** nach immer mehr Reichtum, wie ein Damokles-Schwert über der Menschheit schwebende Weltrevolution, kann nur abgewendet werden durch die

Kapitaleigner (Kapitalisten) selbst und die „Kapitalistische Arbeitgeberschaft"!

Bis zur Lösung des Gesamtproblems darf die Devise innerhalb der acht Milliarden Menschen deshalb nur lauten:

Für Milliarden Arbeiter:

<u>Ruhe bewahren und abwarten!</u>

Für viele Millionen Kapitalisten und Kapitalistische Arbeitgeber:

<u>Teilen und weiterleben!</u>

Um unter diesen Bedingungen ausgleichend einzuwirken, erscheint es uns zwingend notwendig zu sein, das bereits auf >Tora< für die dort wiedergeborenen Menschen bewährte Wirtschafts- und Demokratie-Modell auch bei den 195 Staaten auf der Menschenerde einzuführen.

Kriegsgelüste wie beim russischen Präsidenten 2022 gesehen, kann es nach der Demokratischen Verfassung (Schema Seite 74/75) gar nicht

geben, denn es gibt dort überhaupt keinen allmächtigen Präsidenten!!!

Sollten sich aber dennoch einmal der STAATSRATS-PRÄSIDENT und der MINISTERATS-PRÄSIDENT einig sein, ein Brudervolk kriegerisch zu überfallen, so sind die zu überwindenden Hürden bis zur Genehmigung des Krieges riesenhoch:

Zustimmen müssen alle vier Verfassungsorgane einheitlich mit Votum: ja

1. 66,6 % der Abgeordneten der Volkskammer

2. 66,6 % der Abgeordneten der Länderkammer

3. Das Oberste Verfassungsgericht

4. Der Volkspräsident

(… alles festgelegt unter dem Paragrafen >**KRIEG gegen ein anderes Land**<, formuliert in der Verfassung)

Auch das im „Himmel" auf >Tora< erfolgreich praktizierte Wirtschaftssystem des

>ZWEISTROM-SOZIALISMUS<

empfehlen wir den 195 Ländern der Menschenerde dringend. Ein Wirtschaftssystem, das sich im „Himmel" bewährt für 60 Milliarden völlig unterschiedliche wiedergeborene Menschen aus einem Zeitraum von 300.000 Jahren kann auch gut sein für nur acht Milliarden Menschen aus einem Zeitraum von etwa 100 Jahren. (Verhältnis beider Zeiträume wie 3.000:1).

Der Jahrtausende, langwährende Kampf auf der Menschenerde um die Verteilung des erwirtschafteten Gewinns aller Beteiligten wäre dahin!

Unter einem sich selbst kontrollierenden demokratischen Regierungssystem und mit Hilfe eines Wirtschaftssystems – **kapitalistische Unternehmer gemeinsam mit einer kapitalistisch denkenden Arbeiterschaft – an einem Tisch**, lassen erstmals, auf die Bewältigung anstehender Probleme für die Zukunft aller hoffen.

(Alles zuvor Gesagte gilt mit wenigen Abstrichen auch für die wiedergeborenen >Keraner<, kommend von >Erde II<.)

Wann es so weit ist, dass die Menschen möglicherweise nach unserer Hilfestellung in der Lage sind, ihr Glück selbst in die Hand zu nehmen, wissen wir nicht. Wir sind zwar ein sehr hoch entwickeltes Volk – aber wir sind weder Propheten noch Wahrsager.

Es kann durchaus, wie schon gesagt, das Gegenteil eintreten und die Menschen bringen ihren Planeten und sich selbst zum Untergang.

Zur Erinnerung: Die Völker auf der „Menschenerde" sind dann verloren, denn sie verfügen nicht über das Technik-Wissen wie wir >Toraner<, ihre Erde zu verlassen und einen anderen Planeten in der Unendlichkeit des Weltalls zu besiedeln.

Wir werden aber weiterhin besonders die Entwicklung der Menschheit im Auge behalten.

Unsere Raumschiffe sind ja bereits seit langem auf der „Menschenerde" im Bermudadreieck und dem Marianengraben unter Wasser geparkt.

Zu der Informationsbeschaffung, bis hin zu jedem Gehirn der acht Milliarden, ist unsere Spähtechnik zusätzlich bevorzugt in Haustieren der Menschen untergebracht – sogar jeder Käfer und jede Ameise ist dafür geeignet. Die Größe der eingepflanzten Geräte bewegt sich noch viele Stufen unter dem Nanobereich – entsprechend unserer Millionen Jahre langen Technikentwicklung – dabei beträgt

1 nm (Nanometer) = 0,000.000.001 Meter.

Beim Tod jedes Tieres gibt es natürlich keinen Knall der Beobachtungsgeräte – sondern die eingepflanzte Technik zerstört sich selbst, und zwar völlig lautlos.

Zum Ablauf unseres Tag-Nacht-Lebens wie auch zu unserem Gesamtlebensablauf gibt es eigentlich nichts zu sagen:

Versucht mal, liebe Menschen, euch vorzustellen, was Nostradamus vor 500 Jahren ausgerufen hätte, falls vor seinen Augen eine Concorde mit 128 Passagieren an Bord über ihm mit Überschallgeschwindigkeit vorbeigeflogen wäre – vom Landen und Starten des „Großen Vogels" ganz zu schweigen.

So ist es überhaupt nicht möglich, euch Menschen im Jahre 2025 etwas aus dem Leben von uns >Toranern< zu berichten. Euer Schock wäre natürlich ungleich größer als der Schock des Nostradamus. Immerhin beträgt die Zeitdifferenz zwischen den Epochen, nicht wie bei Nostradamus nur 500 Jahre, sondern in unserem Falle viele Millionen Jahre – **ihr Menschen würdet von alledem nichts verstehen.**

Und doch möchten wir aus dem Zeitgeschehen des Menschen ein wichtiges Ereignis herausgreifen, weil auch der Autor eben dieses Geschehen auf Seite 11 berührt. Am Beispiel unserer Betrachtungsweise der angesprochenen Thematik durch uns >Toraner<, können die Menschen zumindest ein klein wenig erkennen, wie wir **„Vielemillionenjahrealten ticken".**

Es wird von den 65.000.000 Menschen gesprochen, die in jenem furchtbaren Krieg, 1939 bis 1946, den sie 2. Weltkrieg nennen, ihr Leben ließen. Ganz davon abgesehen, dass es sowieso keinen Menschen gibt, der sich diese vielen Millionen Gesichter vorstellen könnte, ist nicht einmal die blanke Zahl für die kleinen Menschenhirne fassbar. Und doch streiten viele darüber, ob es nun 60 oder gar 65 Millionen waren – obwohl nur ganz grobe ungenaue Schätzungen vorliegen. Das Einzige, was sie begreifen können ist aber lediglich, dass die angegebene Zahl der Dahingemetzelten mit den Begriffen VIEL oder SEHR VIEL beschrieben werden könnte.

Wozu die Vorstellungskraft der Menschen imstande ist, mag am Beispiel des Fußballstadions des deutschen Fußballvereins BVB (BV-Borussia Dortmund) erläutert werden. Wenn in dieses herrliche Stadion im Spiel gegen den Revierrivalen FC Schalke 04 80.000 Fußballbegeisterte strömen, dann hat der Betrachter – auch am Fernseher – einen guten Überblick über die zu Tausenden ins

Stadion gekommenen Besucher. Wenn dann auch noch der Stadionsprecher bestätigt:

»Wir haben heute 80.345 Zuschauer«, dann hat der Betrachter eine klare Vorstellung von der festgestellten und tatsächlich vorhandenen Menschenmasse. Will man sich nun die Masse der 65.000.000 durch den Krieg getöteter Menschen vorstellen, so ist das bei der Größe dieser Zahl nicht mehr möglich. Selbst wenn man die Borussiabesucher zu den Millionen ins Verhältnis setzt, wird man nicht klüger.

Aber trotzdem eine kleine Rechnung:

65.000.000 Tote: 80.345 Stadionbesucher = 809,6

Ergebnis:

Die im 2. Weltkrieg getöteten Menschen entsprechen dem 809-fachen der im Borussiastadion gezählten Besucher!

Eine zweite kleine Rechnung:

Annahme – alle durch den 2. Weltkrieg Getöteten fassen sich an den Händen und bilden einen Kreis um den Äquator ihrer Erde (etwa 40.000 Kilometer) – der Abstand sei zwischen Kindern, Frauen und Männern im Schnitt **1,35 Meter**!

Ergebnis:

65.000.000 Personen x 1,35 Meter/Person
= 87.750.000 Meter
= 87.750   Kilometer

87.750 Kilometer: 40.000 Kilometer
= 2,19-mal um den Erdäquator!!!!!

In Worten:

Alle 65.000.000 durch den 2. Weltkrieg getöteten Menschen, ergeben, an den Händen angefasst, eine Menschenschlange, die 2,19-mal um den Äquator der „Menschenerde" reicht!

Die tatsächliche Zahl aller durch den 2. Weltkrieg getöteten Menschen können wir >Toraner< gerne bekanntgeben:

Sie betrug am 15. Juli 2025

63.435.742 Menschen!

Es kommen aber noch täglich gelegentlich Opfer mit Langzeitschäden dazu – insbesondere Japaner, die 1946 durch die Atombomben von Hiroschima und Nagasaki verstrahlt wurden.

Wir >Toraner< kennen jedes einzelne Opfer mit Vornamen, Nachnamen, Geburtsdatum, Vater, Mutter, Geschwistern, Opa und Oma.

Wir haben die letzten Worte des deutschen Panzerfahrers Ernst Roggensam im Kursker Bogen in Russland Sommer 1943 festgehalten. Die Schlacht, mit Namen >Unternehmen Zitadelle<, gegen die Übermacht der russischen Panzer war verloren und der 19-jährige Obergefreite lag in einem Wassergraben – alleine, verlassen, ohne das von einer Mine abgerissene rechte Bein mit der rechten Hand seine Pistole haltend – mit der linken seine austretenden Gedärme in den Bauch zurückschiebend. Die letzten Gedanken galten seiner über alles geliebten Gerda, einer Lernschwester. Der erste Kuss, das Versprechen aufeinander zu warten – wie ein Verlöbnis – und ein tränenreicher Abschied – alles auf einmal! Der plötzliche Marschbefehl an die russische Front ließ den himmlischen Heimaturlaub abrupt platzen.

Der jugendliche Panzersoldat, selbst noch nicht ganz erwachsen, aber schon geschult und begeistert, mit seinem Panzer Kinder, Frauen und Männer totzuschießen und Dörfer und Landschaften mit seinem Feuer speienden Stahl-Ungeheuer „plattzumachen".

Der einsame Panzersoldat versteht die Welt nicht mehr!

»Das ist nun jener verheißungsvolle Krieg der Herrenrasse gegen den „Untermenschen" von dem der „Führer" sprach ... **nur noch ein Bein und heraustretende Unterleibsorgane!**«

Der Panzersoldat Ernst Roggensam sieht noch einmal ganz deutlich das liebliche Gesicht seiner Gerda – vernimmt ein letztes Mal ihr fröhliches Lachen.

Mit den drei Worten:

»Meine geliebte Gerda ... «, hört sein Herz auf zu schlagen.

Doch merkwürdig, mehrere tausend Kilometer entfernt ist zur gleichen Zeit jenes fröhliche Lachen der Lernschwester Gerda erneut zu hören. Hase und Fuchs sperren im nahen Wäldchen bereits Löffel und Ohren weit auf. Nach dem glockenklaren Lachen ertönt allabendlich jenes Schmatzen, das sich beide Tiere gar nicht erklären können.

Und richtig, die Schwesternschülerin kniet vor einem schlanken jungen Mann mit heruntergelassener Hose. Sie hat das Hemd ihres Partners über ihren Kopf gezogen und bearbeitet mit Mund und Zunge voller Hingabe den Penis des jungen Mannes. Sollte es mal eine Olympiade fürs „Blasen" geben, dann wäre die sich in Aktion befindliche Gerda sicher eine Anwärterin auf Gold – das wissen mittlerweile auch der Fuchs und sein Kumpel Hase.

Der neue Liebling der Lernschwester ist der vor zwei Monaten zugezogene Dorfschullehrer Alois Bremer.

Und, wenn beim allabendlichen Treffen im Wäldchen Gerda manchmal Gewissensbisse äußert, dann beruhigt der Junglehrer seine „Mitstreiterin" mit seiner dunklen sonoren Stimme:

»Mein liebes Mäuschen – wenn ich meinen Zweitklässlern das kleine Einmaleins und den Hitlergruß beibringe, dann werden sie später in der Lage sein, Granaten zu zählen und den „Führer" zu ehren.

Und wenn wir beide uns jeden Abend lieben, dann ist das Beste, was uns passieren kann, für dich das Mutterkreuz und für mich die Festeinstellung als Grundschullehrer. Adolf wird uns das ewig danken, falls wir beide Nachwuchs für die Soldatenfront schaffen!«

Nach solch einer Erklärung aus berufenem Lehrermund ist die Schwesternschülerin beruhigt und hat auch keinerlei Skrupel, weiterzumachen wie bisher.

Doch merkwürdig – wenn sie wieder mit dem Kopf unter dem Hemd zwischen den Schenkeln des Dorfschullehrers verschwindet – dann sieht sie in den drei bis vier Minuten ihres Schaffens glasklar das Gesicht ihres Verlobten – Ernst Roggensam. Und gegen diese allabendliche unerwünschte Erscheinung kann man gar nichts machen – auch, wenn man fest die Augen schließt.

Wir haben aber auch, wie schon gesagt, die Schicksale aller anderen 2. Weltkriegs-Toten gespeichert. So liegen uns die letzten Sekunden des japanischen Kamikaze-Piloten Isotaka Kaliohara vor.

»Für den Kaiser – für den Kaiser!«, ruft er noch. Dann schlägt sein Flugzeug auf dem Deck des amerikanischen Zerstörers ein. Die drei amerikanischen Soldaten, die er direkt trifft, haben nicht einmal mehr Zeit nach der Mutter zu rufen. Die unzertrennlichen Freunde werden zusammen mit ihrem Mörder augenblicklich pulverisiert.

Und ähnlich verhält es sich auch bei dem 21-Jährigen deutschen U-Bootfahrer Ferdinand Fröhlich. Nach jedem Abschuss eines wehrlosen Frachters johlen alle 30 Mann der Besatzung vor Freude, sobald der Kommandant Einschlag der Torpedos und den Schiffsuntergang bestätigt. Besonders stolz ist der junge U-Boot-Mann auf sein Tun, wenn der Herr Kaleu (U-Boot-Kapitän) durch das Periskop die Explosion von Tankern beschreibt und der ihm zuhörenden Besatzung das furchtbare Szenario erklärt.

Junge hilflose Seeleute kommen im Flammenmeer um oder springen brennend in die aufgewühlte See. Wenn dann die Schreie der Unglücklichen ersterben, weil auch das auslaufende Tankeröl ihnen im Salzwasser die Münder verklebt, dann fühlt sich der U-Boot-Fahrer Ferdinand Fröhlich wie auf dem Olymp. Während die letzten Explosionen des „sterbenden" Tankers leiser werden, feiert die U-Boot-Besatzung bei einer Flasche Bier ihren Sieg – den Sieg eines schwerbewaffneten Stahlungetüms gegen ein völlig unbewaffnetes hilfloses Schiff. Ferdinand Fröhlich fragt schon ungeduldig den Bootsmann:

»Wann schlagen wir ›Grauen Wölfe‹ erneut zu? «

Allen voran ist aber der selbsternannte „Führer" des Deutschen Reiches Adolf Hitler zu nennen. Ihm genügte es nicht, seine Gegner zu töten. Er ließ Filme von deren Hinrichtungen machen – z. B. Aufhängen an dünnen Klaviersaiten – und ergötzte sich dann abends am Todeskampf in seiner privaten Kinovorführung.

Wir ›Toraner‹ verstehen nicht

- den deutschen Panzerfahrer, der gerne schoss und Leben zerstörte
- die Verlobte des Panzerfahrers, die untreu war
- den studierten Dorfschullehrer, der aus Eigennutz eine kleine Schwesternschülerin ausnutzte und seine Zweitklässler zu „jasagenden" Taugenichtsen erzog

- den japanischen Kamikazepiloten, der sein Leben für den Kaiser hergab, um amerikanische Soldaten mit in den Tod zu nehmen

- dass auch nicht eine einzige Gehirnzelle jenes deutschen U-Boot-Mannes Ferdinand Fröhlich erkennt, an welch unrechtem Tun er sich beteiligt. Mitgefühl gegenüber dem Schicksal seiner bestialisch getöteten, meist gleichaltrigen Seemannskameraden ist ihm völlig fremd

- den deutschen Reichskanzler Adolf Hitler, der seine Gegner hinrichten ließ und sich dann später in Filmen am Todeszucken seiner Gegner erfreute.

Wir >Toraner< wollten ja den Menschen nicht zu viel über uns berichten, da diese mit Sicherheit stark überfordert wären. Aber eines ist ganz sicher:

Keiner von uns 15 Milliarden wäre fähig, auch nur eine der zuvor aufgeführten bösen Taten zu begehen!

Mit Hilfe der Computertechnik sind unsere sich in unseren Köpfen befindlichen Chips im Laufe unserer Millionen Jahre während Evolution derart programmiert, dass auch nicht einer von uns auf die Idee käme, etwas Böses zu tun – selbst innerhalb unserer Familie oder während unserer Berufstätigkeit kommt nicht ein unfreundliches Wort über unsere Lippen.

Wir >Toraner< sind davon überzeugt, dass es nicht genügt, von 63 Millionen Kriegstoten nur zu sprechen. Jedes Einzelschicksal müsste aufgearbeitet werden, wie zuvor an einigen Beispielen gezeigt. Das ist aber nicht Sache unseres Volkes. Wenn es also irgendwann so weit ist, dass unser **COMPUTERGOTT** den Menschen auf ihrer Erde helfen darf, dann könnten wir auch alle 63.435.742 Einzelschicksale der durch den 2. Weltkrieg Getöteten zur Verfügung stellen. Dann wäre es möglich, dass die Nachfolgestaaten der Aggressoren >Deutsches Reich< und >Kaiserreich Japan< mit der Rekonstruktion jedes Einzelschicksals beginnen – und zwar umgehend.

Sühne und Schuld beider Völker sind natürlich mit dem Kniefall des damaligen Deutschen Bundeskanzlers Willi Brandt 1970 in Polen nicht beglichen.

Oder sollen später einmal Nachfolgegenerationen der Deutschen und der Japaner herangezogen werden und für die Sünden der „Väter" büßen?

Es darf keinesfalls angenommen werden, dass die im 2. Weltkrieg von Deutschland und Japan drangsalierten, geschädigten und gedemütigten Völker das begangene Unrecht vergessen haben. Bei den Menschen der betroffenen Völker schwelt **„das Feuer von Rache und Wiedergutmachung"** weiter – oft im Unterbewusstsein und nicht sichtbar über Jahrzehnte, gar 100 bis zu 200 Jahre und mehr.

Im Moment schwerer Unruhen und tiefster Rezession in den betroffenen Ländern kann durchaus der Schwelbrand zum unkontrollierten Flammenmeer werden. Das dürfte in dem Moment der Fall sein, wenn es der deutschen und der japanischen Bevölkerung im Verhältnis zu den leidenden Völkern besonders gut geht!

10 Buddha – „stiller Lenker" im Himmel und auf >Toranerland<

Unser Planet >Tora< ist verglichen mit der „Menschenerde" riesengroß. Der Durchmesser von >Tora< entspricht mit etwa 36.000 Kilometern dem dreifachen Durchmesser der „Menschenerde". Damit ist mit 4.069.000.000 Quadratkilometern Landmassen und den Ozeanen genügend Wohn- und Besiedlungsfläche für alle drei Völker da – immerhin, verglichen mit den 510 Millionen Quadratkilometern Oberfläche auf der „Menschenerde", das 8-fache.

Wir, die >Toraner<, bewohnen die obere Halbkugel – also alles Land und alle Meere nördlich vom Äquator. Wir nennen es >Toranerland<.

Die wiedergeborenen Menschen und die wiedergeborenen >Keraner< besiedeln die untere Halbkugel – also alles Land und alle Meere südlich vom Äquator. Sie nennen es >Menschenland< und >Keranerland<. Beide Territorien – also riesige Land- und Meermassen werden durch den Längengrad NULL geteilt – >Keranerland< westlich und >Menschenland< östlich vom NULL-Meridian.

Es leben demnach auf der Nordhalbkugel unseres Planeten >Tora< in der Andromeda-Galaxie 15 Milliarden „Einheimische" – wir >Toraner<.

Auf der Südhalbkugel siedeln 101 Milliarden „Zugewandterte" – 60 Milliarden wiedergeborene Menschen und 41 Milliarden wiedergeborene >Keraner<.

Dabei ist es bei allen Unterschiedlichkeiten gar nicht verwunderlich, dass die nur 20 Zentimeter großen (KLEINEN) uns mit unseren auch „nur" 95 Zentimetern Körpergröße den Spitznamen RIESEN gegeben haben.

Wir alle – 116 Milliarden Individuen – so verschieden wir auch sind – haben in keiner Weise Berührungsängste. Es gibt auch keine Probleme an den Grenzen – obwohl wir die Ozeane manchmal gemeinsam nutzen. So fahren oft Schiffe im Nachbarland oder befinden sich auf gleichem Kurs.

Das gute Einvernehmen von Bewohnern aus drei Riesennationen mag auch darauf zurückgeführt werden, dass wir 116 Milliarden nahezu zu 100 % die Lehren des Religionsgründers Buddha (Siddhartha Gautama) angenommen haben. Er selbst, Buddha, ist mit seinen nunmehr über 2.566 Jahren seit seiner Geburt auf der „Menschenerde", bei uns immer noch aktiv mit seiner alles verbindenden Aussage:

»Kommt Alle zu mir – egal wer ihr seid – jedermann ist willkommen.«

Fünf Millionen herrliche Tempel, ähnlich gestaltet wie in Thailand, zeugen von der Lehre Buddhas und der Arbeit seiner gelblich-braun gekleideten Mönche.

Buddha war es auch, der das ›Toraner‹-System
Schutz aller Tierarten

in ›Menschenland‹ und ›Keranerland‹ einführte. Danach gibt es kein Tier, das ein anderes Tier tötet – auch Wildhunde fressen einen Hirsch nicht mehr bei lebendigem Leibe – sie fressen überhaupt kein Fleisch mehr.

Die ›Toraner‹ haben im Laufe ihrer Millionen Jahre währenden Evolution es fertiggebracht, den

„Fleischfressern den Zahn zu ziehen".

Da es auf ›Tora‹ keine Tiere gab, haben wir damals auf der Menschenerde Tiere verschiedener Arten eingefangen und ähnlich der Geschichte von der ›Arche Noah‹ mitgenommen und in ihrem neuen Lebensraum auf ›Tora‹ wieder ausgesetzt. Nur, dass bei unserer Evakuierung nicht ein Seeschiff, sondern Raumschiffe das Transportmittel waren. Wir konnten im Laufe von Millionen Jahren den Appetit nach Fleisch bei den Fleischfressern umwandeln in eine regelrechte Sucht nach allen Arten von Früchten und Pflanzen. So können wir heute in unseren riesigen Savannen und Wäldern, den Weltmeeren, Flüssen und Binnengewässern die Vielfalt unserer Tierwelt beobachten. Ihr Menschen würdet natürlich staunen, Löwen, Tiger, Hyänen neben Antilopen, Büffeln und Zebras friedlich grasen zu sehen. Geradezu überrascht dürftet ihr sein, auch entgiftete Cobras, Mambas und Würgeschlangen zu beobachten, die genüsslich das saftige Gras fressen. Dazu war es allerdings nötig, wie auch bei Marder, Fuchs und Wiesel im Laufe von Millionen Jahren unserer Evolution die Fresswerkzeuge der Fleischfresser einschließlich Gebissen den Pflanzenfressern anzupassen.

Buddha lehrt, dass
das höchste zu schützende Gut
neben der **FREIHEIT, das LEBEN** ist!

Diese Prämisse gilt nicht nur für höherwertige Individuen in unseren drei Nationen auf ›Tora‹, sondern sie gilt auch für jedes dort lebende Tier. Danach verliert kein Tier mehr sein Leben, nur, weil ein anderes Tier Hunger hat oder einer der 116 Milliarden Bewohner von ›Tora‹ Appetit auf Fleisch verspürt.

Auch verliert bei uns

kein Stier – kein Hund – kein Hahn

in einem völlig unsinnigen Kampf, sein Leben, nur, weil, wie auf der Menschenerde, der Mensch sich an deren Kampf bis zum Tod berauscht und ergötzt!

Es gibt mittlerweile viele Gerichte, die haargenau wie Fleisch schmecken. Um derartige Geschmacksrichtungen zu erzeugen, sind nicht einmal Chemikalien und/oder Geschmacksverstärker notwendig. Bestimmte Pilze und weitere Gemüse ersetzen den Fleischgeschmack und verwöhnen jeden Gaumen.

So hat Buddha es also bereits vor über 2.500 Jahren auf der Menschenerde richtig erkannt:

**»Der Mensch wird
nach seinem Tode wiedergeboren!«**

(Das trifft sogar für die >Keraner< zu, damals 2,5
Millionen Lichtjahre von Buddha entfernt!)

**Alles in Allem darf nunmehr erwartet werden,
dass mit Buddhas Hilfe auch die Einwohner in
>Menschenland< und >Keranerland<
die Möglichkeit erhalten, ihr zweites Leben in
Freiheit, Wohlstand und Zufriedenheit zu
verbringen.**

Doch „Die Spezies Mensch" zufriedenzustellen ist
ein nahezu unlösbares Unterfangen – das gilt
natürlich auch für unsere 60 Milliarden
Wiedergeborenen auf >Tora<. Genauso wie
während ihres Lebens auf der „Menschenerde"
werden sie auch hier von Wissensdrang, aber auch
von schier nicht erklärbarer Neugier getrieben –
deren Ausmaße man bereits als übergroße Sucht
beschreiben kann.

So sind von allerhöchster Stelle ihrer Regierung
bereits der Staatsrats-Präsident gemeinsam mit
dem Ministerrats-Präsidenten an uns herangetreten.
Auch der Volkspräsident hat eine Eingabe
gemacht. Beide Verfassungsorgane – Regierung
und Volkspräsident – hatten das gleiche Anliegen:

Sie baten um Zugang zu unserem COMPUTER-
GOTT. Man erklärte uns, dass 60 Milliarden
Wiedergeborene eine ungestillte Sehnsucht nach
allem aktuellen Geschehen auf der
„Menschenerde" hätten.

Sie wussten mittlerweile, dass wir erwachsenen
>Toraner<, aber auch jedes Kind von uns, imstande
waren, jeden einzelnen Menschen der dortigen acht

114

Milliarden bis hinein in die kleinste Gehirnzelle zu beobachten. Keine Tat – weder gut noch böse blieb uns verborgen. Schon die Gedanken für die nahe und ferne Lebensplanung jedes >Homo sapiens< (weiser Mensch) lag vor uns wie ein aufgeschlagenes Buch.

Es war für uns aber gar nicht einfach, den drei Präsidenten folgendes klar zu machen:

- wir >Toraner< mischen uns nicht ein in die Angelegenheiten der 60 Milliarden Wiedergeborenen in >Menschenland<

- wir >Toraner< gehen aber auch davon aus, dass sich die Wiedergeborenen auf >Menschenland< nicht einmischen in die Angelegenheiten der >Toraner<

- wir >Toraner< mischen uns aber auch grundsätzlich nicht ein in die Angelegenheiten der acht Milliarden lebenden Menschen auf ihrer Erde vor Beendigung unseres Langzeitversuches bezüglich aller sich dort befindenden 195 Nationen.

- der COMPUTERGOTT kann wegen seiner „Jahrmillionen-Technik" nur von >Toraner< bedient werden – Individuen aus der begrenzten Evolutionsgeschichte von nur 300.000 Jahren sind dazu nicht fähig

- wir >Toraner< denken aber darüber nach, ob wir nach Beendigung unseres Langzeitversuches auf der „Menschenerde" den 60 Milliarden wiedergeborenen Menschen in >Menschenland< auf >Tora< allmonatlich einen Nachrichtenüberblick über die wichtigsten aktuellen Geschehnisse der noch lebenden Menschen zur Verfügung stellen.

Und Buddha (Siddhartha Gautama) unterstützt unsere Antwort durch seinen ausgleichenden weisen Rat, wendet sich aber auch an uns:

»Liebe Mitbewohner in >Menschenland<. Wir wiedergeborenen ehemaligen Menschen sollten zusammenhalten. Wir sind 60 Milliarden völlig unterschiedliche Individuen. Die >Toraner< haben uns ¼ ihres herrlichen Planeten zur Verfügung gestellt – ein wunderschönes riesiges Land mit Gebirgen, abwechslungsreichen Festlandzonen, Flüssen, Seen und Ozeanen. Unser Wissen – von der Steinzeit bis zum Atomzeitalter – ist schier unendlich – von „Adam und Eva" bis hin zu Albert Einstein.

Aber Wissen allein genügt nicht. Lasst uns auf

... **Jesus** (geboren vor 2.025 Jahren in Jerusalem),

... **Thomas Jefferson** (Präsident der USA 1801-1809),

... **Martin Luther** (deutscher Reformator 1483-1546),

... **Jean Jacques Rousseau** (Französische Aufklärung (1712-1778),

... **Baptisten-Pastor Martin Luther King** (gewaltfreier Widerstand gegen Rassentrennung, 1963)

und die

... **Philosophen des Altertums** hören – die alle Vorbilder für uns sein können!

Wir haben nun ein gut funktionierendes Wirtschaftssystem und eine gerechte demokratische Regierungsform, die unser Leben erleichtern und uns alle, trotz unserer gewaltigen Bildungs-Unterschiede, in eine gemeinsame sichere Zukunft führen können. Wenn wir nun in uns gehen und alle bereits vor dem Tode als Mensch angeborenen guten Seiten aktivieren, dann dürften wir nunmehr nach unserem Tode nicht nur im HIMMEL sein, sondern uns auch

„wie im HIMMEL fühlen!"

Liebe >Toraner<, beendet bitte euren Langzeit-Versuch mit den Menschen. Es ist an der Zeit, den acht Milliarden Menschen auf ihrer Erde zu helfen. Da ihr für deren Geburt verantwortlich seid, sind sie eure Kinder. Die Menschen alleine sind nicht fähig, Krieg, Mord und Totschlag von sich selbst fernzuhalten. Der Bruderkrieg in der Ukraine ist noch nicht vorbei und schon knallt es wieder mit Israel und Hamas im Nahen Osten.

Und der Menschengott hilft nicht – selbst als am 02. Oktober 2023 in Mexiko das Dach seines eigenen Gotteshauses bei der Kindtaufe zehn Gläubige erschlägt, ist er, ihr Gott, nicht da!" [6]

Und, liebe >Toraner<, noch eine letzte Bitte: Überlasst Jesus und mir, dem Buddha, eine kleine Nische in eurem >Gott-Computer< – dann werden von uns die Gebete der Milliarden Christen und Buddhisten erhört und verhallen nicht im Raum. **Acht Milliarden Menschen sollten dann erfahren, dass sie nunmehr in vollem Vertrauen und Zuversicht zu Gott, Jesus und Buddha beten dürfen.«**

Bildnachweis

Abb. 1: https://de.wikipedia.org/wiki/Datei:Pope-peter_pprubens.jpg

Abb. 2: Schema, Darstellung von 4 Planeten innerhalb und außerhalb der Andromeda-Galaxie mit der Bezeichnung >Erde<

Abb. 3: >Immo<, ein junge auf dem Planeten >Tora< mit seiner Mutter

Abb. 4: >Ata<, der nur bleistiftgroße Skelettkörper aus der Atacama-Wüste /Chile (Quelle: Stanford University, Steven M. Greer https://.tumblr.com/tagged/steven-greer

Abb. 5: Schema, Der >Weltraum< zusammen-gefaltet wie ein Blatt Papier auf die Entfernung A` nach B` − nach der Idee verschiedener Wissenschaftler (Skizze Neubacher)

Abb. 6: Schema, >Neues Demokratisches Regierungssystem< der Deutschen Demokratisch-Sozialistischen Republik (DDSR) seit dem Jahre 1991 − nach der Idee des Verfassers

Abb. 7: Aufstieg des Menschen − www.Planet-Wissen.de Bildausschnitt: Figuren 3, 4, 5 (von links) vom Autor hervorgehoben − ADAM (Figur 3) − ERSTER MENSCH (>Homo sapiens< = weiser Mensch) mit grauschwarzer Hautfarbe, Figur vom Autor geschwärzt, Zeitstrahl Bild Mitte etwa 300.000 v. Chr. bis Figur (5) 2025 n. Chr.

Quellen

[1] >Schwarze Löcher< — genutzt als Antrieb für Raumschiffe, nach der Idee des Autors – vgl. *>Adolf Hitler, »Das Böse« und die Rache des Ziegenbocks von Leonding<*, S. 54, BOD Norderstedt, 2012

[2] *>Die Atombomben des Mahabharata <* von Markus Pezold
https://mysteria3000.de/magazin/die-atombomben-des-mahabharata/12.09.2018

vergl. dazu auch *>Atomkrieg im Altertum – Wissenschaftler finden Beweise in Indien und Pakistan<*
https://www.epochtimes.de/genial/atomkrieg-im-altertum-wissenschaftler-finden-bew...

Zu dieser Thematik auch Erich von Däniken
>Erinnerungen an die Zukunft<, Mahabharata Seite 107, Neue Schweizer Bibliothek 1968
>Zurück zu den Sternen<, Mahabharata Seite 86ff und 228ff, Neue Schweizer Bibliothek 1969

(Der Autor war an den Schauplätzen damaliger Zerstörung)

[3] Der >schwarze Adam< und die >schwarze Eva< — die beiden ersten Menschen (>Homo sapiens<) werden vor 300.000 Jahren in Afrika ausgesetzt, nach der Idee des Autors

Diese Idee des Autors wurde bereits im Roman *>Adolf Hitler, »Das Böse« und die Rache des Ziegenbocks von Leonding<*, BOD Norderstedt, Seite 58, 2012 veröffentlicht

4 >*Geschichte der Erde im Zeitalter des Menschen<,* NTV 23.07.2019

5 »*IDEALER FÜHRER*« *oder ZWEISTROM-SOZIALISMUS*
Rettungsanker für die Menschheit?
...*die* »*Friedliche Revolution*« *des kleinen DDR-Volkes von 1989 lebt weiter!* − Eine fiktive Streitschrift, BoD, 2019

Die Besonderheit des neuen Regierungssystems siehe Doppelseite 74/75:

Neben den Abgeordneten der Volkskammer und der Länderparlamente werden auch die Mitglieder des Obersten Verfassungsgerichtes und der Volkspräsident vom Volk gewählt. Abgeordnete der Länderkammer kommen von den Länderparlamenten und nicht, wie beispielsweise in der Bundesrepublik Deutschland, aus den Landesregierungen.

Vorteil gegenüber herkömmlichen >demokratischen< Regierungssystemen:

Strenge Trennung der drei Regierungsgewalten Legislative, Exekutive, Judikative.

6 >*Unglück im Nordosten Mexikos 02.10.2023 Gottesdienstbesucher unter Dach verschüttet*< https//: www.tagesschau.de

Stellungnahme der Diözese von Tampico:
»Wir bedauern den schmerzhaften Verlust der Personen, die der Taufe ihrer Kinder beiwohnten. Wir beten zu Gott, dass sie in Frieden ruhen mögen und ihre Familien Trost finden.«

Kinder in Hungersnot

HELFEN bringt auch
dem Helfenden Zufriedenheit.

Wir sausen auf teuren Rennrädern aus Carbon durch die Gegend, genießen auf chromblitzenden Choppern die herrliche Natur, fahren mit PS-starken Nobelkarossen in den Urlaub, kreuzen mit Segel- und Motorjachten über die Meere, fliegen in Sportflugzeugen durch Gottes Himmel … und das alles nur zum Spaß!

Auf der anderen Seite stirbt alle drei Sekunden ein Menschenkind, weil es nichts zu trinken und auch nichts zu essen hat. Tsunamis, Erdbeben und von uns selbst verursachte Katastrophen verstärken dieses unsägliche Leid – und bringen jenen „Ball", den wir großspurig >Welt<, aber wegen seiner Winzigkeit und Anfälligkeit auch >Erde< nennen, fast zum Zerbrechen!

Genießen wir weiter unseren verdienten Wohlstand, aber öffnen wir auch unser Herz für großes Leid und großes Unrecht, unmittelbar vor der eigenen Haustür!

Wechseln wir vom REDEN zum TUN!!!

Dazu habe ich mir zwei Fragen gestellt:

1. Wie ordne ich meine derzeitige Lebenssituation auf einer Befindlichkeits-skala ein:
   - hervorragend
   - zufriedenstellend
   - einigermaßen
   - schlecht.

2. Kann ich ein wenig an die abgeben, die nicht einmal genug zu essen und zu trinken haben?

Die Beurteilung auf der Skala für mich selbst ergibt: hervorragend.

Deshalb werde ich von jedem verkauften Buch ›GOTT IST EIN COMPUTER … ‹ 5 % meines Autorenhonorars für Kinder verwenden, die sich in Hungersnot befinden.

Ich bitte alle Menschen, sich ebenfalls die Fragen 1 und 2 zu stellen und dann nach einer ehrlichen Antwort den Weg zu einem Spendenkonto zu finden.

… und auch heute, im Jahre 2023 sind die oben verfassten Zeilen geradezu hochaktuell:

Ein russischer Präsident überfällt kriegerisch mit Panzern, Phosphorbomben und Granaten das Nachbarvolk in der Ukraine. Ich sehe jede Nacht die vor Angst aufgerissenen Augen der unschuldigen Kinder und höre ihre Schreie. Ich, der Autor, weiß wovon ich schreibe. In Gedanken sehe ich oft meine weinende Mutter, wenn sie davon berichtete, wie sie im eisigen Winter 1944/45 mit uns drei kleinen Kindern des Nachts, ohne Vater, im Leiterwagen über das Eis des Frischen Haffs gen Westen fuhr. Von oben Maschinengewehrfeuer und Bomben der russischen Flieger – und unten das Verschwinden von kompletten Leiterwagen mit Menschen und der letzten Habe in den Bombentrichtern des Eises – gezogen von Trakehner Pferden. Damals waren die anstürmenden Russen Helden – denn sie befreiten nach den Worten des Deutschen

Bundespräsidenten Weizäcker nicht nur Russland, sondern auch uns Deutsche von einer mächtigen und überaus grausamen Mörderbande.

Verehrter Herr Präsident des russischen Volkes stellen Sie sich bitte heute, 2023, die Frage:

»Bin ich ein russischer Held?«

Kontakt zum Autor

Helmar Neubacher

www.schaduf-book.de

www.schaduf-book.com

www.pyramidenbau-aegypten.de

www.great-pyramid-building.com